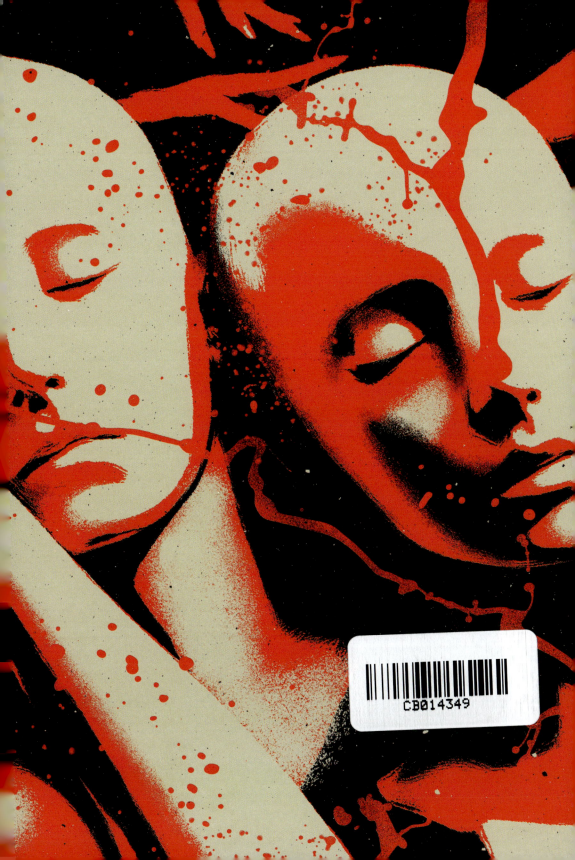

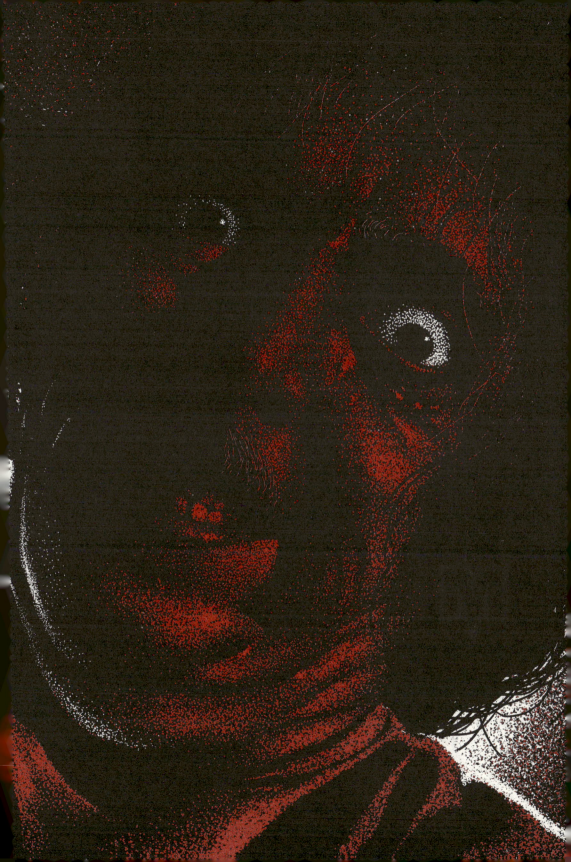

MACABRA VHS COLLECTION

DADOS INTERNACIONAIS DE
CATALOGAÇÃO NA PUBLICAÇÃO (CIP)
Jéssica de Oliveira Molinari CRB-8/9852

Bourgoin, Stéphane
Maníaco : baseado no filme de William Lustig /
Stéphane Bourgoin; tradução de Débora Isidoro;
ilustrações de Vitor Willemann. — Rio de Janeiro :
DarkSide Books, 2025.
128 p.

ISBN: 978-65-5598-547-4
Título original: Maniac: Novelization

1. Ficção francesa 2. Terror
I. Título II. Isidoro, Débora III. Lustig, Willian

24-5156   CDD 813

Índice para catálogo sistemático:
1. Ficção francesa

Impressão: Braspor

MANIAC
Copyright © 1980 by William Lustig
Publicado mediante acordo com a Editions Faute de frappe
Todos os direitos reservados

Tradução para a língua portuguesa
© Débora Isidoro, 2025

Ilustrações © Vitor Willemann, 2025

Nem todo monstro nasce de mitos antigos, alguns são moldados pelo silêncio, pelo abandono, pela cidade que não perdoa. Um lembrete incômodo que fica nesta jornada é de que, às vezes, o horror não grita, apenas caminha ao nosso lado, invisível, até o último passo.

Fazenda Macabra
Reverendo Menezes
Pastora Moritz
Coveiro Assis
Caseiro Moraes

Leitura Sagrada
Isabelle Simões
Jessica Reinaldo
Rebeca Benjamim
Tinhoso & Ventura

Direção de Arte
Macabra

Coord. de Diagramação
Sergio Chaves

Colaboradores
Jefferson Cortinove
Vitor Willemann

A toda Família DarkSide

MACABRA™ DARKSIDE

Todos os direitos desta edição reservados à
DarkSide® Entretenimento Ltda. • darksidebooks.com
Macabra™ Filmes Ltda. • macabra.tv

© 2025 MACABRA/ DARKSIDE

Dark<<Rewind

MANÍACO

escrito por
STÉPHANE BOURGOIN

baseado no filme de
WILLIAM LUSTIG

com roteiro de
**C.A. ROSENBERG
& JOE SPINELL**

Tradução
Débora Isidoro

Ilustrações
Vitor Willemann

MACABRA
DARKSIDE

Dark«Rewind

MANÍACO
SUMÁRIO

R RESTRICTED

PREFÁCIO 11

1. **PRÓLOGO MORTAL** 15
2. **UMA INFÂNCIA TORTURADA** 21
3. **MORRE, PUTA!** 33
4. **SERVINDO JUNTO DE "BUDDY"** 43
5. **GOLPE DUPLO** 55
6. **NASCIDO PARA SER MANÍACO** 61
7. **A FOTÓGRAFA** 71
8. **O ENCONTRO** 79
9. **RITA** 89
10. **O ÚLTIMO ENCONTRO** 97
11. **CARA A CARA** 103
    EPÍLOGO 105

POSFÁCIO 109
UMA DEFINIÇÃO DE ASSASSINOS EM SÉRIE COMO FRANK ZITO 113

PREFÁCIO

*"Interpretar um maníaco
é um desafio irresistível."*
Béla Lugosi

Não podemos falar de *Maníaco* sem citar Joe Spinell. E nós não falamos de Joe Spinell. Nós gritamos seus louvores aos quatro cantos enquanto o xingamos. *Maníaco* é tanto minha criação, quanto é o bebê de Joe. Juntos, demos à luz esse filme; nós alimentamos e cuidamos dele ao longo da concepção.

Na verdade, o conceito, e hesito ao usar a palavra "conceito"... digamos que a inspiração para *Maníaco* veio do interesse de Joe por assassinos em série.

Joe era fascinado por eles, e por que não seria? Foi durante os anos 1970 que a imprensa colocou os assassinos em série no centro das atenções de todas as publicações: dos jornais aos tabloides, passando pelos talk shows. Assim, a fascinação mórbida por esses cretinos antissociais começou a crescer.

E com os apelidos dados pela imprensa e pelas autoridades, ficou óbvio que a infâmia deles era comparável a dos vilões da luta *catch wrestling*, que tinham codinomes pitorescos: o Assassino de Universitárias, o Estrangulador de Hillside, o Esfaqueador de Skid Row e, é claro, o famoso Filho de Sam em Nova York...

Não surpreende que esses renegados tenham se tornado cada vez mais populares, pois a imprensa deu voz aos pseudônimos, noticiou os crimes com alegria e começou a alçar o prestígio deles ao nível de marginais do sistema.

Foi a partir dessa fascinação midiática que Joe plantou as primeiras sementes da história de *Maníaco* em sua imaginação fértil. Como qualquer bom adubo, continha grandes quantias de besteiras e matéria orgânica em estado bruto, e Joe possuía os dois de sobra. Jamais encontrei tamanho charlatão, mas que, ao mesmo tempo, era um homem muito gentil por natureza.

Tal era a dualidade de Joe. Ele conseguia nos deixar irritados, enraivecidos e hipnotizados, muitas vezes simultaneamente.

Joe ajudou a formular as bases da história, mas eu estava lá, como um dr. Frankenstein entusiasmado, para costurar os músculos e os ligamentos nesta moldura narrativa esquelética. Em conjunto, porém, aquilo que criamos se transformou em muito mais do que um cadáver cinematográfico; virou um laço de sangue entre nós. Ele era De Niro com o rosto marcado por cicatrizes, e eu Scorsese de Manhattan. Formávamos uma equipe, os Burke e Hare jovens do cinema exploitation.

Ao contrário de outros filmes nos quais o antagonista é uma indestrutível força da natureza vestindo uma máscara de hóquei, uma máquina mortífera imbatível, o assassino de *Maníaco* é, sem dúvida, perverso, mas o que lhe torna ainda mais terrível é que em vez de ser invencível, imune à morte, ele é invisível, imune à detecção.

Frank Zito é um cidadão comum que some na multidão. Em público, ele é o cara atrás de você na fila do supermercado, ele é o homem no balcão durante o jogo de beisebol, com uma cerveja na mão. Ele é o cara que mora no quarteirão mais adiante, e com quem você esbarra algumas vezes quando leva o cachorro para passear.

Ele não precisa se fantasiar. Seu rosto é uma máscara e, por trás dela, se esconde o maior dos monstros.

Houve quem dissesse que a figura de Frank Zito em *Maníaco* era o alter ego de Joe. É e não é; acima de tudo, não é. Talvez Joe tenha interpretado psicopatas, sociopatas e degenerados morais, mas lembre-se de que ele era um ator. E um baita ator.

Se você acreditasse que Joe era capaz de fazer algumas das coisas abjetas que esses papéis retratam, ele acharia graça, cairia na gargalhada e emitiria um risinho desconcertante.

E, por dentro, se você conseguisse abrir caminho pela dureza da rua, o suor e a espessura de Nova York, ele tinha o coração de um amigo, um bom amigo. Um amigo do qual sinto muita saudade. Ele se foi cedo demais, demais.

Às vezes tenho raiva de Joe Spinell por ter nos deixado ainda tão jovem, por ter me deixado. Penso em todos os papéis que poderia ter dado a ele, em todas as brigas que poderíamos ter tido, em toda a alegria que poderíamos ter compartilhado e em todas as ideias que eu teria experienciado sobre o meu próprio ofício ao vê-lo trabalhar através da minha lente.

Depois dessa cesariana sanguinolenta no final de 1980, o nascimento de *Maníaco* foi recebido com todas as queixas imagináveis: violento demais, antifeminista, misógino ao extremo, repulsivo de tão realista (obrigado de novo, Tom Savini!), moralmente abominável em excesso, ou nojento demais para o público nos cinemas. E, enquanto isso, Joe repetia para todo mundo: "*Nós fizemos um clássico*".

É uma pena que ele não possa estar aqui comigo para comemorar, pois o sucesso é sempre mais gostoso quando é compartilhado com um amigo.

Posso dizer, porém, que o que Joe mais teria gostado é de saber que *Maníaco* se tornou um verdadeiro filme cult, que resistiu ao teste do tempo e inspirou incontáveis cineastas a tentar algo que lhes disseram ser impossível.

Rio sozinho quando me dou conta de que dois moleques das ruas de Nova York, como Joe Spinell e eu, criaram esse filme. Em seguida, penso em Joe e enterro um milhão de outras risadas. Sinto falta dele, aquele idiota.

Eu sinto tanta falta dele.

William Lustig
Janeiro de 2025

1
PRÓLOGO MORTAL

De cima de uma duna com vista para as praias da cidade de Nova York, é possível admirar a paisagem e a maré subindo através de binóculos disponíveis ao público. O sol nasce no horizonte e um vento frio faz cócegas.

Alguém com a mão enluvada põe uma moeda de 25 centavos na abertura do binóculo e puxa a alavanca para acionar o mecanismo. Devagar, a silhueta de um homem estuda o cenário aparentemente deserto, e se detém em um casal que dorme embaixo de um cobertor pesado. Ao lado deles, uma fogueira se apaga pouco a pouco. É cedo, e eles são as únicas pessoas na praia.

O grasnido das gaivotas, o som das ondas e o frio da manhã acordam o casal. Na noite passada, eles fizeram amor duas vezes, enrolados no cobertor pesado que os envolve.

O ar gelado da noite ainda não tinha se alojado por completo, e eles acenderam uma fogueira para aumentar a atmosfera romântica do lugar. As chamas se refletiam nos olhos cheios de paixão dos amantes. Nessa época, quando não há férias, não tem ninguém nas praias da Grande Maçã, porque as pessoas evitam deliberadamente as que ficam perto de parques de diversão, como Coney Island. A jovem diz a Steve, seu amante:

"Está começando a esfriar, amor".

Steve, ainda sonolento, não responde.

"O fogo vai apagar, não é melhor ir procurar mais madeira?"

"Ah, estou cansado..."

A mulher estremece, depois direciona um olhar suplicante a ele.

"Bem, a fogueira está mesmo começando a apagar", ele admitiu, bocejando. "Estou indo..."

O rapaz olha à sua volta e hesita por alguns segundos quando percebe que esqueceram de levar uma garrafa térmica com café quente.

Ele pensa em ir de carro até a cidade mais próxima para comprar o café da manhã, mas teme encontrar a parceira morta de frio quando voltar. Chega de hesitação: garantir que o fogo continue aceso é a prioridade. Ele se levanta e caminha em direção às dunas para pegar galhos e folhas.

Enquanto isso, a jovem se encolhe embaixo do cobertor e tenta voltar a dormir.

"Obrigada, amor", ela balbucia.

Alguns segundos se passam.

Uma silhueta, grande e sombria, surge das dunas e se aproxima. A areia fria estala sob as solas reforçadas das botas.

A jovem continua com os olhos fechados. Depressa, a sombra paira sobre ela e a observa por um momento. A sombra se curva, e alguém, de mãos enluvadas, afaga o cabelo da mulher.

As gaivotas que sobrevoam o local guincham, cada vez mais tensas, acompanhando a escalada de um suspense cortante, à medida que a atmosfera se agrava. Os guinchos estridentes e debochados das aves se tornam tão altos que não é possível ouvir o soluço de pânico da mulher quando abre os olhos e encontra o estranho diante dela.

Ela se levanta um pouco para discernir o desconhecido. O homem saca uma lâmina e, sem rodeios, corta a garganta dela.

Os seus berros aterrorizados se tornam gorgolejos sangrentos.

Depois que termina de matá-la, ele começa a cortar o topo da testa da moça com delicadeza para separar o cabelo, tomando cuidado para não danificar. Apesar de morta, os membros da jovem ainda se mexem.

Conforme ele segue escalpelando a cabeça, sem nenhum sinal de hesitação nas mãos, o cérebro da vítima começa a aparecer. O líquido pegajoso que cobre o órgão reluz.

Durante os últimos espasmos da morte, ele conclui a tarefa de remover a calota craniana, que limpa com primor antes de guardar em uma bolsa que preparou especificamente para a ocasião.

O homem é tão preciso em seu trabalho, que é fácil deduzir que não é a primeira vez que o realiza. Os cortes são exatos, e ele não revela nenhuma insegurança conforme executa aquele crime horrendo.

Enquanto isso, Steve volta ao acampamento com os braços carregados de madeira. Ele não percebeu nada do que aconteceu devido ao barulho das ondas e das gaivotas.

Quando chega mais perto da forma enrolada no cobertor, que ele acredita ser a namorada adormecida, uma silhueta se levanta atrás dele. Um garrote envolve seu pescoço e o fio de aço penetra profundamente a carne. A dor é tão forte que ele se sente anestesiado. Jorros intensos de sangue esguicham quando ele é levantado do chão, tão alto que seus pés não tocam mais a areia. Ele move os braços e tenta, sem sucesso, se livrar do laço mortal.

Seus dedos, incapazes de deslizar para baixo do garrote e afastá-lo, arranham freneticamente sua pele branca. O homem indefeso resiste, se debatendo com cada vez menos força, enquanto as gaivotas berram sem parar acima de suas cabeças. Depois de um último espasmo, as mãos dele caem junto do corpo e a morte o acolhe.

Assim que o ato foi consumado, o enorme assassino deixou o corpo cair no chão. Ele vai embora sem olhar para trás, deixando-os com os gritos das gaivotas, as únicas testemunhas do assassinato.

●　　●　　●　　●　　●

"AAAAAaaaaaaaaahhhhhhhhhh..."

Frank Zito acorda sobressaltado em sua cama, onde lençóis e travesseiros estão encharcados. Seu rosto está molhado de suor que gruda no bigode. O silêncio sepulcral o envolve. A nudez sinistra do quarto com paredes manchadas.

Ah...

Ele soluça, amedrontado.

Ah não...

Os olhos dele parecem atormentados, desvairados. Ele respira fundo várias vezes para se acalmar.

Será que...

O duplo homicídio na praia foi um sonho, ou, quer dizer, um pesadelo?

Eu... não...

Tem um manequim feminino deitado a seu lado, e o rosto da boneca está coberto de sangue, que escorre do cabelo preso à cabeça com um prego.

Foi tão...

Ele escalpelou mesmo aquela jovem na praia?

Parece que sim.

Foi tão real...

Seu olhar registra o quarto sórdido com um banheiro pequenino, a escuridão interrompida modestamente pelas pequenas lâmpadas e velas dispostas em volta da foto de sua amada mãe, Carmen Zito.

Por toda parte, bonecas ocupam as prateleiras e os móveis. Todas nuas e sem cabelo. Frank Zito acha que representam o amor que a mãe tinha por elas, pois as colecionava; uma paixão compartilhada com sua irmã mais velha, Mona, por quem ele sempre sentiu inveja e ódio ferozes.

O ambiente é mal iluminado pela tela de uma pequena televisão que transmite as últimas cenas de um programa. Não tem janelas, nem aberturas para o exterior. As paredes são pintadas de um tom esverdeado, cor de cocô de ganso, que representa com perfeição o estado de espírito do ocupante em sua luta contra os próprios demônios. Nada clareia esse lugar cujas paredes são cobertas de pinturas e desenhos sinistros. A morte reina soberana, e Frank é seu companheiro permanente de quarto.

Ele se levanta com dificuldade, olha as mãos calejadas para ver se tem sangue nelas, mas não tem nada. Não significa que ele não matou alguém, pois poderia ter se lavado quanto voltou para casa.

Sim.

Sim, claro, eu poderia ter...

Ele cambaleia até o banheirinho, onde um espelho ocupa o espaço sobre a pia. Frank tira a camiseta suada e começa a se limpar. Aos poucos, as mãos tocam cicatrizes profundas e queimaduras no peito. Diversos fragmentos do passado voltam à mente.

As lembranças deixadas por uma infância ao lado da amada, mas ainda assim tão cruel, mãe. E de sua irmã, Mona...

2
UMA INFÂNCIA TORTURADA

No beco escuro, sujo e estreito no Lower East Side, em Manhattan, onde ele mora com a família em um pequeno apartamento adjacente a um porão, o sol tem dificuldade para entrar mesmo no auge do verão.

Demorou muito tempo para ele enfim entender quem era o responsável pelo estado mental de sua mãe.

As paredes do apartamento em Nova York são tão finas que ele consegue ouvir tudo. Um dia, embora mal consiga andar, ele decide ver com os próprios olhos o motivo de tanto barulho, dos gemidos e suspiros. Foi quando ele encontrou a genitora, nua, entregando o corpo a um homem. Ele nunca conheceu o pai.

Certa noite, quando todos tinham saído, ele escuta a voz do homem que a mãe apresenta como seu padrasto. Mais tarde, descobrirá que esse homem é um dos clientes regulares da mãe. Uma voz estranha, lenta e medonha. E depois outra voz, ríspida e grossa, dando ordens a ele. No silêncio que segue, ele consegue ouvir uma voz feminina... uma voz muito doce. Ele sai da cama e usa a escada de emergência para olhar pela janela. Seu "padrasto" está sentado na cama com um sorriso aterrorizante. Não tem mais ninguém no aposento. Foi um sonho? Até hoje, isso é um mistério.

A questão é que há um buraco profundo em sua existência. Um vácuo gigantesco. Ele teve o que algumas pessoas chamam de educação disfuncional. Um pai ausente desde que nasceu, e uma mãe que era prostituta e sucumbiu ao álcool. Ela bebe mais e mais e o castiga ainda mais, muitas vezes sem nenhum motivo e, provavelmente, em momentos de desespero.

Ele é o filho indesejado, diferente da irmã, que é amada por sua mãe. Portanto, ele sempre busca driblar as regras da casa. A vida em família está piorando, e fica cada vez pior comparada à dos vizinhos. Mesmo que tenha potencial em termos de inteligência, ele odeia a escola, porque sempre pensou que fosse um pouco retardado. As pessoas o chamam de idiota, de lerdo, e o acusam de nunca pensar. Nem ele acredita em si mesmo.

A irmã, Mona, é cinco anos mais velha e tem amigas da idade dela. O relacionamento entre eles é distante. Ele começa a criar brincadeiras mórbidas aos 8 anos de idade. A casa deles se abre para um grande porão com paredes de granito e piso de madeira. Parece o calabouço de um velho castelo.

Aos 8 anos, ele é muito sensitivo e tem uma imaginação fértil. A casa tem um velho fogão a carvão que foi convertido para gás. É um sistema de aquecimento central com aquecedores convencionais em todos os quartos. À noite, todos esses barulhos podem ser assustadores para uma criança.

Quando a noite chega, a mãe e a irmã dele deixam a sala de estar, que também serve de cozinha, para dormir, enquanto ele precisa descer até o porão. E o menino de 8 anos tem dificuldade para entender por que ele deve ir ao porão.

"Por que tenho que ir para o porão? Eu vou para o inferno e elas, para o céu. O centro do meu universo é todo representado pela sala de estar/cozinha/sala de jantar. Vou descer para lutar contra os demônios e fantasmas que me amedrontam, mas elas não. Nunca. Tem duas mulheres e um menino nesse lar. Acho que elas se uniram contra mim. Minha irmã, Mona, ganhou um quarto lindo, e eu ganhei esse porão."

Antes era um depósito, oito metros de comprimento e cinco de largura. Sem janelas. Tem uma lâmpada pendurada no teto sobre uma pia industrial. A cama fica no canto oposto. Tem uma cômoda no meio, tapetes e prateleiras.

Frank passa dois anos nesse quarto. Ele desenvolve rituais muito peculiares dos quais acredita precisar para se proteger. À noite, tem que descer a escada sem corrimão e, se tropeçar, vai cair no poço escuro que, aos olhos dele, representa o Inferno. Ele aciona o interruptor, e uma lâmpada ilumina o fim da escada. Acima de tudo, tem que se lembrar de fechar a porta ao passar, ou a mãe o castiga, porque ela reclama do frio que vem do porão.

Ele desce a escada, dá meia-volta para percorrer todo o comprimento do apartamento com os canos fazendo barulho acima de sua cabeça. Está um breu, a única luz vem da pequena lâmpada lá atrás. Ele anda na escuridão completa, tateando às cegas, e vira, antes de enfim chegar são e salvo. Puxa o fio para acender a lâmpada, depois volta à escada para apagar a outra luz.

Toda a distância é percorrida com medo. Esse medo o devora por dentro. E isso, todas as noites, todos os dias, no escuro, ao longo de semanas, meses e anos. A mãe não entende qual é o problema. Quando ele se queixa, leva uma bofetada. Ele deve ficar no porão.

"Mona e eu não tínhamos muitos brinquedos. Ficávamos entediados depressa. Tentávamos nos ocupar, e foi assim que criamos essas brincadeiras, às vezes mórbidas. Achávamos divertido amarrar o outro no sofá com cordas, lençóis e cintos. Nos anos 1960, Caryl Chessman foi executado na Califórnia. A história recebeu uma grande cobertura da mídia, porque ele escreveu livros alegando ser inocente, mas foi executado mesmo assim. Foi daí que veio meu fascínio por execuções e mortes, sobretudo as resultantes de atos voluntários de seres humanos. Acho que muita gente estava interessada naquilo, porque parece inevitável."

Na verdade, ele prepara a mente para coisas relacionadas à morte. Tem uma pistola de caubói, uma réplica excelente da marca Roy Rogers, em homenagem ao ator famoso de filmes de faroeste. Ele comprou na loja de lembrancinhas do Hubert's Dime Museum and Flea Circus no lado oeste da 42nd Street em Nova York, que visitou com o primo e a mãe. Uma das pouquíssimas vezes que ela lhe deu um presente. Quando ele volta para casa, a irmã fica com inveja. Ela odeia esse brinquedo por ser um obstáculo — algo que é seu, e não dela, e Mona queria ter ido com a mãe, mas ele quem foi.

Logo depois de Frank ter chegado em casa, ela começa a provocar uma briga, e fica tão furiosa que pega a pistola para jogar na cara dele. Violentamente. A pistola cai no dedo de seu pé e depois no chão. Dói muito, e o brinquedo quebra. Parou de funcionar depois disso, o gatilho quebrou.

Frank fica furioso.

"Quer fazer isso mesmo?"

Ele corre para o quarto dela, enquanto a irmã grita:

"O que você está fazendo?".

Ele pega a boneca Barbie, a única que ela possui. Tem uma tesoura ao lado da máquina de costura da irmã. Ele não a decapita, mas desencaixa a cabeça e corta o cabelo loiro da boneca com a tesoura.

Ele guarda o cabelo da boneca, que usa como um brinquedo de pelúcia à noite. Adora a maciez; ela o acalma e ajuda a pegar no sono. O cabelo também traz a lembrança da única vez que a mãe o abraçou e beijou, quando ele ainda era uma criança, em seu aniversário.

Um momento de felicidade incomparável que ele nunca mais sentirá, e que estará gravado para sempre em sua memória. Ele gruda o rosto no cabelo para sentir o cheiro que traz de volta o melhor dia de sua vida. É a personificação da felicidade pura. Um momento que ele quer revisitar muitas e muitas vezes.

Quando remove a cabeça da boneca, ele se surpreende ao descobrir que é vazia por dentro, e se pergunta se o interior dos humanos também é assim. O que tem embaixo da calota craniana? De que textura é o cérebro? É uma criatura autônoma? Pode sobreviver sozinho? Se cortarmos a cabeça, a pessoa ainda pode pensar?

Perguntas que ele fazia a si mesmo quando criança e que agora o assombram...

Mona pode ter bichinhos de estimação, cachorros, especialmente dachshunds de pelo longo ou spaniels, mas a mãe não permite que ele tenha. Ele sente uma inveja terrível e tenta se aproximar dos cachorros quando ela sai do apartamento. Muitas vezes, é pego afagando às escondidas os cães. Mona fica furiosa e conta para a mãe, que o castiga com tapas ou cintadas. Ele permanece em silêncio, apesar da raiva, e promete a si mesmo que vai se vingar.

Quando fica em casa sozinho, certo dia, ele põe a coleira em um dachshund, leva o cachorro para passear bem longe e o solta em um campo. O animal logo é encontrado e levado de volta para casa, o que causa uma frustração profunda em Frank. Alguns meses mais tarde, ele escolhe uma vingança radical e corta a garganta do cachorro. Curioso, remove a calota craniana e fica fascinado com o cérebro que se revela. O órgão vibra por alguns segundos, antes de parar em definitivo. Ele enfia um dedo no cérebro e o leva a boca para experimentar a textura, mas cospe no mesmo instante. O gosto é horrível. Frank diz a si mesmo que nunca vai se tornar um assassino canibal, e isso o faz rir.

Ele joga o animal morto na caçamba de lixo do prédio e apaga todos os sinais do ato criminoso.

Quando Mona e a mãe chegam em casa, elas desconfiam de que ele é o motivo para o cachorro ter desaparecido, embora o menino negue tudo e elas não tenham prova nenhuma. Ele é duramente castigado: tem que passar vários dias no porão sem comida ou água e deve fazer suas necessidades em um canto. O cheiro logo se torna insuportável.

Frank não consegue enfrentar a mãe porque ela o intimida. Não é tão alta, mas tem uma voz retumbante.

Ele a vê interagindo com homens, "clientes" que, quando querem recorrer à força ou dar um tapa nela, são acusados de violência contra mulheres. Ela debocha deles, e Frank consegue perceber a fúria desses homens quando esmurram a parede antes de darem o fora. Ela manipula as pessoas, e ele a observa com uma mistura de admiração e terror.

Frank cresceu com aquilo.

Ele lembra de uma ocasião específica quando foge de seus insultos, entre gritos, e ela o surra com tanta violência, que a fivela de seu cinto corta seu lábio e quebra com a força do golpe.

Ele grita e ela diz:

"Cala a boca, ou os vizinhos vão pensar que estou espancando você".

Frank a encara, atônito.

"Então não posso gritar quando estou sendo espancado!"

É verdade que foi um pouco grosseiro. Ele apanhou até desmaiar porque não se comportou...

Várias vezes e sem nenhuma razão, ela apaga o cigarro no peito dele ou o queima com um ferro de passar roupa, mas Frank ainda a ama e admira. Apesar ou por causa disso.

Diferente da irmã, ele não ganha mesada, e por isso tem que ser ardiloso. Ele rouba. Não pega muito, só 10 centavos aqui e ali, às vezes 25 ou 50 centavos. A mãe dele chega bêbada todas as noites, depois de passar algumas horas em um bar com homens, ou mesmo quando fica em casa. Não se lembra das moedas que deveria ter. Quando percebeu que algumas tinham sido roubadas, começou a contá-las enquanto ele estava perto, e esse jogo continuou durante anos. Ele não toca mais na carteira dela, temendo uma surra.

Isso o deixa aborrecido, porque a mãe batia nele com tanta frequência que tomou gosto por aquilo. Costumava dizer: "Vamos jantar, depois vou te bater". Ela tenta usar táticas psicológicas para desestabilizá-lo e fazer com que se sinta inferior, como ameaçar mandá-lo para um orfanato, mas não funciona.

Na adolescência, ele se enclausura no silêncio e se torna introvertido. Vai para a escola sem que ninguém saiba quem ele é de verdade.

Ele fica no porão, retraído, e as coisas tomam um rumo sinistro. Ele começa a ficar fascinado por tudo relacionado à morte, ao mal e à destruição. Não se torna satanista porque tem medo do diabo. Ele teme esse poder que não entendemos. O silêncio é o refúgio final que o ajuda a escapar da realidade, onde pode sonhar com um mundo melhor do qual ele é o senhor. Quando fala com a mãe, é censurado e apanha. Mona debocha de tudo que ele diz para fazê-lo se sentir inferior. Na escola, embora seja inteligente, ele não fala por medo de ser castigado, como acontece em casa. Professores e colegas de turma pensam que é retardado. Ele também falta muito, porque a mãe não quer que ninguém nas aulas de natação e educação física veja as marcas deixadas pelas surras. Frank é infeliz não só em casa, mas também na escola.

E fica cada vez mais frustrado. Odeia cada vez mais, porque não tem uma válvula de escape para esse ódio. Poderia ter encontrado alguma coisa que o ajudasse, mas não sabe como reagir.

Ele encontra algumas coisas sem saber. Por exemplo, lê uma história em um livro didático em que se imagina sendo o último homem na Terra. É um livro de ciências sociais sobre a solidão dos adolescentes e o que eles sentem. Um sentimento doloroso. Eles não conseguem experimentar amor, aventura e empolgação se não compartilham essas coisas com outras pessoas. Se você fosse a última pessoa na Terra, o que faria com todos aqueles carros e aviões, se não tem ninguém com quem compartilhá-los? Não seria horrível? Ele pensa seriamente na questão. Seria como um sonho. Todo mundo desapareceria e ele poderia fazer o que quer, seja o que for. Não teria ninguém mais para gritar com ele. Ou então haveria pessoas, mas sem vida. Não seriam capazes de machucá-lo.

Ele sempre brinca com a morte. Gosta de deitar no meio da rua, no meio do tráfego. Como um cadáver, como se alguém o tivesse atropelado. Esperava que um motorista embriagado pensasse: "A culpa é dele mesmo, pá!", e o atropelasse de verdade. Eles sempre freavam antes de descer do carro para gritar com ele, que fugia. É um joguinho, um desafio. Mostra como a autoestima de Frank era baixa, já que parte dele preferiria morrer naquela época. Vendo o que acontecia dentro dele, fica óbvio que nada de bom resultaria daquilo.

O desejo desperta durante os anos da adolescência, mas também toma um rumo sórdido. Ele sonha em beijar a vizinha, mas isso só poderia acontecer se ela estivesse morta. Uma noite, ele vai até a casa dela com um sabre em mãos, uma arma que um dos clientes da mãe deu a ela depois de tirá-la de um japonês morto durante a guerra. A ideia era decapitá-la para beijar sua cabeça decepada e enterrar os lábios em seu cabelo comprido.

Ele teria seguido em frente mesmo? A fantasia era muito poderosa. Naquele momento, um carro chega com os faróis acesos e para bem diante do prédio. O marido dela voltou do trabalho, e Frank foi embora depressa.

Ele também gosta de andar pelas lojas baratas perto do apartamento, onde, à noite, admira as vitrines com os manequins femininos e as roupas. É fascinado pelo cabelo comprido deles e costuma se esconder à sombra das *portes-cochères* para se masturbar, porque fica muito excitado quando os vê. Ele se imagina enfiando o pênis na maciez do cabelo dos manequins para ejacular neles.

Para satisfazer suas necessidades, ele vai lá durante as horas de maior movimento do dia e rouba as perucas, porque, na época, não havia técnicas avançadas para impedir os roubos: não tinha câmeras nem guardas, as lojas não podiam arcar com o custo. Para ele, o maior risco era conseguir esconder o que havia roubado quando voltava para casa, mas, pela primeira vez, o silêncio e o isolamento o beneficiaram.

Em seus sonhos, ninguém tem rosto. As mulheres não têm características específicas que as faça escolhê-las. Em seus sonhos, tem uma mulher sem rosto. Anônima e universal. Também tem outras pessoas que o visitam, mas ele não as reconhece. Não consegue se lembrar de suas feições. Sabe que estão lá e que o visitaram. Elas querem alguma coisa dele, mas Frank não sabe o que é, só querem que ele mude.

Antes, achava que a culpa era dele e que precisava mudar. Ele sonha com um irmão gêmeo, um sósia perfeito, mas nada dá certo e isso o consome. Esses são seus sonhos. Ou então ele é uma tocha e tudo queima à sua volta; ele não quer que seja assim, mas não consegue impedir, afinal é uma tocha. É atormentado por esses pesadelos constantemente. Com quem poderia falar, de qualquer maneira?

A visita que fez com o primo Vin ao Hubert's Dime Museum and Flea Circus, no lado oeste da 42nd Street, permitiu que ele descobrisse a agitação pornográfica no bairro.

Ele mata aulas para explorar cada canto e brecha, bem como a Times Square e algumas ruas ao redor. Prostitutas, cafetões e traficantes de drogas o abordam com frequência. Ainda virgem, ele sonha em fazer sexo com uma daquelas putas, mas o dinheiro que rouba da mãe não é suficiente.

Portanto, encontra outra solução e rouba dinheiro no metrô e nos provadores das lojas de quinta categoria que ele frequenta. Seus sonhos eróticos se tornam mais e mais mórbidos. A tentativa abortada com a vizinha o deixou muito frustrado, e todas as noites ele sonha em satisfazer essa necessidade erótica e mórbida de posse.

Frank Zito tem cerca de 20 anos quando enfim decide agir. Armado com uma faca, ele pega o metrô até seu bairro favorito, vestido com uma jaqueta, um gorro que cai sobre a testa, óculos escuros e luvas. Dessa vez, decidiu ir para a 8th Avenue, onde os shows pornográficos e as boates são menos numerosos e menos iluminados do que na 42nd Street. Ele anda por ali até encontrar uma prostituta sozinha do seu gosto. Ela veste um short e uma regata justa que não deixa dúvidas sobre o tamanho dos seios, e tem um cabelo comprido que o excita.

Frank se aproxima dela, mesmo sendo incapaz de dizer mais que uma palavra. É ela quem começa a conversa:

"Ei, benzinho, está procurando companhia?".

Tenso, ele assente.

Os olhos da prostituta se iluminam.

"Tem dinheiro?"

Ele respira fundo, coloca a mão no bolso da calça jeans e mostra um pequeno maço de cédulas.

"Para um boquete? Ou um meio a meio?"

Ele concorda, sem saber muito bem para o quê.

A loira segura seu braço e o leva para um peep show.

"Conheço o lugar. É bacana e estaremos sozinhos."

Frank se deixa levar e paga 25 centavos na entrada para usar uma cabine privada por dez minutos. Um filme pornô é exibido em uma tela. Embaixo dela tem uma mesinha com um porta-lenços e uma lixeira. Na parede, um gancho enferrujado para pendurar as roupas. Duas poltronas giratórias manchadas ficam de frente para a tela. Ela começa a rebolar na frente de Frank, ainda constrangido.

"O que você quer, benzinho?"

Frank fica em silêncio.

"Não sei..."

"Escolhe!"

A loira lança um olhar discreto para o relógio acima da porta.

"Ok."

"Põe o dinheiro em cima da mesa."

"Certo, certo."

Frank faz o que ela diz e deixa algumas cédulas sobre a mesinha.

Na tela, duas mulheres — uma de cabelos escuros e uma loira que parece a prostituta diante de Frank — chupam avidamente um homem musculoso com um pinto enorme. Frank assiste o filme por um breve momento e, em seguida, desvia o olhar, visivelmente envergonhado.

"Meu nome é Lisa, aliás."

A voz da loira o distrai do filme.

"E você, qual é o seu nome?"

"Frank."

"Ok, Frank. Fique à vontade para falar o que quer que eu faça com você."

A mulher sorri para ele.

"E deixe de timidez!"

Ele ainda se sente acanhado, e o suor surge em sua testa. O rosto dele está paralisado. Os membros, rígidos. Frank baixa os olhos e parece bastante nervoso.

Lisa coloca a mão em sua coxa e começa a massagear suavemente, subindo para a virilha. Ela se aproxima do rosto de Frank e murmura em seu ouvido:

"Relaxa, meu bem. É sua primeira vez com alguém como eu?".

Depois de um tempo, ele admite.

O sorriso da loira aumenta.

"Vou tirar a roupa, e depois vou cuidar de você. Relaxa, não precisa ter medo."

Ela tira a blusa e, com um movimento lascivo, a joga no chão. Ela começa a rebolar de novo ao som da trilha sonora do filme, despindo o short pouco a pouco. Quando termina de tirá-lo, Frank percebe que ela está completamente nua. A mulher pendura o short no gancho e volta para perto dele. Ela não depila os pelos púbicos, e Frank fica tão excitado que tem uma ereção. Lisa vê e começa a acariciá-lo.

"Para, eu vou gozar!"

"Vai, tira a roupa e me fala o que você quer!"

Frank começa a se despir.

Ele desabotoa a camisa e despe a camiseta que usa embaixo dela. Seus gestos são hesitantes, os dedos tremem.

Lisa percebe e tenta acalmá-lo.

"Não tenha medo, meu bem. Vou cuidar bem de você."

Ele abre o cinto, mas não consegue abrir a calça jeans. Lisa se inclina e usa as duas mãos para ajudá-lo. Ao vê-la de cabeça baixa na sua frente, Frank pega a faca com a mão trêmula e destrava a lâmina com gesto vacilante.

A loira ouve o clique e se levanta para tentar desarmá-lo.

A lâmina corta as mãos dela, que sangram.

Os movimentos de Frank são desajeitados, e ele perde a força diante da resistência de Lisa. Tenta recuperar o controle da situação, mas Lisa acerta um soco tão violento em seu rosto que ele perde o equilíbrio e cai na poltrona.

Ela levanta e aperta um botão ao lado da porta da cabine. Uma campainha estridente dispara. Em pânico, Frank se levanta e deixa a faca cair no chão. Rápido, pega de volta o dinheiro e as roupas para fugir daquele cubículo, enquanto Lisa grita, estridente:

"Socorro! Socorro!".

Frank escapa a toda velocidade para o corredor estreito e sombrio que leva à entrada. As portas se abrem.

Ele empurra o proprietário na frente da recepção e foge noite adentro.

Alguns meses mais tarde, Frank Zito se alista no exército com a esperança de canalizar a violência que ferve dentro de si, pois não consegue controlar seus desejos, que foram agravados pelo consumo excessivo de álcool.

3

MORRE, PUTA!

Depois de se lavar na frente do espelho e recordar o passado, Frank Zito retorna ao quarto e veste uma camisa xadrez e jaqueta grossa.

Devagar, ele pega uma faca de lâmina longa e a põe no bolso de fácil acesso, uma "ferramenta" indispensável para a noite que, espera, será frutífera para satisfazer suas fantasias e acalmar os impulsos.

Em silêncio, Frank amarra as botas com solas reforçadas e calça as luvas, depois põe um gorro e óculos escuros.

O deslumbrante e inconfundível horizonte de Nova York destaca as inúmeras extremidades proeminentes na escuridão nebulosa. Ainda está escuro em Manhattan quando Frank se dirige a seu bairro favorito, e dessa vez ele não vai para a 42nd Street, mas para a esquina da 7th Avenue com o lado oeste da 45th Street, e estaciona na frente do Hotel St. James, um local suspeito onde sabe que pode encontrar prostitutas.

Assim que sai do veículo, os cheiros familiares do bairro — comida gordurosa, escapamento, lixeira transbordando e esgoto a céu aberto — o bombardeiam, pouquíssimo suavizados pelo frio cortante.

Todos os sentidos de Frank Zito ficam em estado de alerta. Ele inala profundamente o lugar, e se enche com seus odores, ruídos e tensão contínua. Seu coração metropolitano bate no ritmo sincopado dos néons, cada vez mais abundantes, ainda mais durante as festas de fim de ano, uma camada cada vez mais generosa de luzes que tenta cobrir as vísceras podres da Grande Maçã.

Na frente do estabelecimento, duas prostitutas de aproximadamente 25 anos jogam conversa fora enquanto esperam um cliente:

"Sabe, o último cara queria uma coisinha a mais. Você devia ter visto o que era!", disse a primeira, que vestia um casaco grosso e barato de tweed.

Ela abre um sorriso amarelo enquanto a amiga, que também tinha o cabelo escuro e vestia um short justo e roxo, não presta muita atenção.

"Eu vi, mas não era nada comum! Nem para mim...", continuou a primeira.

"Preciso de um cliente para pagar meu aluguel", a amiga anunciou bruscamente. Ela olha para a calçada molhada e suspira. "Os preços em Nova York são absurdos até para uma quitinete de merda!"

"É, nem me fala." Uma pausa. Elas batem os pés no chão para se aquecer. "Sei bem como é."

De repente, seus olhos avistam um homem de meia-idade vindo ao encontro delas.

"Olhe, tem alguém..."

Frank Zito se aproxima das duas moças com as mãos nos bolsos e o rosto impassível.

A mulher de short justo e roxo — a mais nova das duas — vai direto ao assunto:

"Não quer vir comigo, benzinho?".

Frank para e a observa por um momento. Ele vira a cabeça para a direita e depois para a esquerda, como se quisesse ter certeza de que ninguém estava vendo, e dá mais um passo para perto dela.

"Quanto custa?"

"São 25 dólares. Por 50, você pode me beijar."

Depois de um instante, Zito, sem ser convencido, está prestes a ir embora, mas a jovem insiste:

"Por 75, dou o meu melhor!".

O desespero dela é visível. A jovem se agarra à lapela da jaqueta de Frank para impedi-lo de partir.

"E por 100, o paraíso!"

Um último momento de hesitação.

O cliente em potencial, que finge ser exigente, deixa escapar por fim:

"Vamos".

As duas trabalhadoras trocam cumprimentos e então se separam.

A mulher de short roxo pega Frank pelo braço e o leva até a recepção, mas ele se solta com um gesto brusco.

O lobby do hotel é tão decadente quanto a fachada. O papel de parede, que devia ser da época da construção, nos anos 1940, está descascando em pedaços amarelados.

A mulher diz ao recepcionista, um homem barbudo, gordo e de regata:

"Quero meu quarto favorito".

O funcionário coloca um papel na frente de Frank para que ele preencha, junto de uma caneta.

"São 25 dólares pelo quarto."

O homem faz uma pausa e espera o cliente desdobrar o maço de notas que ele tem na mão.

"Mais 5 pela TV."

O silêncio retorna.

Frank lança um olhar inquisitivo para a prostituta, mas acaba pagando.

"Com o imposto, fica 35 dólares."

Frank resmunga um pouco. Ele bate uma última nota no balcão de madeira, depois devolve depressa o maço de dinheiro para o fundo do bolso da jaqueta.

Sua relação com dinheiro sempre foi complicada, desde a infância, quando roubava moedas da carteira da mãe por necessidade. Não se trata de mesquinharia, mas sim de um medo doentio de que esse dinheiro, que é a força da guerra e o sentido da vida da maioria das pessoas, se esgote.

O recepcionista ri enquanto entrega a chave para Frank.

Enquanto a mulher e o cliente dela se afastam em direção à escada, o barbudo fala:

"Vai querer café da manhã?".

O tom é evidentemente debochado.

Mas Zito já parou de escutar.

· · ·

Frank se senta na cama e tira a camisa xadrez.

Depois de uma breve visita ao banheiro, onde ele a ouve se lavar, a prostituta reaparece no corredor estreito que leva ao quarto. Ela encosta na parede e faz uma pose lasciva.

A jovem suspira, de tédio e cansaço. A noite está apenas começando, mas promete ser longa, como todas as outras. Ela diz para Frank:

"Põe o dinheiro na mesinha de cabeceira, benzinho".

Ela não quer estar ali. Adia o máximo que pode o momento em que tem que se juntar a ele.

No quarto, Frank obedece a orientação e depois se deita na cama.

"Você é modelo?"

A mulher acha a pergunta estranha, até bizarra. Ela morde o lábio. Por outro lado, se ele pagar 100 dólares, ela pode fazê-lo acreditar em qualquer coisa.

"Ah, é claro que sou modelo."

"Me mostra."

Então, por fim, ela toma a iniciativa.

Frank observa a prostituta emergir do corredor. O contorno do joelho e da coxa esquerda, e depois a cintura. O busto dela.

"Assim?"

Ele a analisa, fascinado.

"Como nas revistas..."

Ela faz uma pose e estende as pernas esguias.

Também levanta os braços para enfatizar o tamanho dos seios.

"Assim está bom?"

"Sim."

Ela arqueia as costas. Faz uma segunda pose de costas para a parede, mostrando o rosto magro de perfil.

"Desse jeito?"

Frank arqueja.

"Sim."

Ela se deita na cama ao lado dele. Estende a perna esquerda e a levanta, apontando o pé para o teto.

"E assim, está bom?"

"Continua..."

Ela demonstra impaciência.

"Vamos com isso, benzinho, tempo é dinheiro."

A mulher se endireita e vira as costas para ele.

"Eu tenho dinheiro..."

Ao ouvir a palavra mágica, ela muda de ideia e volta a sorrir rapidamente.

Frank sacou o maço de notas.

"Muito dinheiro."

"Quer mais poses?"

Ela se levanta de novo. Desabotoa o short de forma provocante e começa a expor o ombro nu, quando Frank a interrompe:

"Fica vestida".

O tom dele é frio.

"Tudo bem..." A moça parece surpresa. "Como quiser."

Os clientes costumam ficar sempre ansiosos para vê-la nua.

"Quero que se divirta."

Mesmo que esteja impaciente por dentro, ela tenta não deixar transparecer. A ganância faz com que a prostituta seja gentil e atenciosa. Com um impulso, ela se deita sobre Frank e envolve as mãos em volta do rosto dele, coberto por cicatrizes, para beijá-lo, e ele não a afasta.

Com um movimento repentino, ele a vira de lado para ficar por cima e a beija em cheio na boca. Ele a beija com fervor. No entanto, acaba recuando e deita de barriga para cima, visivelmente desapontado.

A mulher nota a perturbação dele.

"Relaxa. Tem muitos jeitos de fazer isso."

Ela acaricia o peito de Frank com calma.

"Temos muito tempo..."

Ela volta a subir em cima dele.

"Ok?"

"Ok!", ele diz, e, do nada, bate com força na bunda dela.

A prostituta sorri.

"Gosta disso, benzinho?"

"É, eu gosto."

"Também adoro!"

Os dois corpos rolam sobre o colchão de novo. De repente, ele volta para cima da mulher e a beija com paixão, fazendo movimentos rápidos de vaivém com o quadril, como se estivesse tentando penetrá-la.

A mulher percebe uma tensão que desperta pouco a pouco. Um tipo de oscilação. O homem é pesado. Seu peso por cima dela se torna desconfortável.

Um incômodo indefinido, sem evidências concretas, toma conta da mulher. Mas ela continua a encenar essa simulação de sexo e a incentivar Frank, na falta de algo melhor.

"Ah, isso é muito bom, meu bem!"

Um louco. Mais um. Um pervertido e um louco impotente. Ela diz a si mesma que quanto mais rápido ele gozar, ou fingir um orgasmo patético, mais rápido ela ficará livre dele.

"Adoro fazer isso vestida. Você é tão bom, não dá para negar. Ah, sim..."

Com o rosto vermelho e transtornado de raiva, Frank Zito a agarra pelo pescoço com as duas mãos fortes e começa a estrangular a moça.

Gotas de suor surgem na testa dele.

Ele estreita os olhos em fúria absoluta e brutal.

"O que está fazendo?"

Presa embaixo dele, a mulher se debate.

"O que está fazendo? Para com isso!"

O ar começa a escapar depressa de seus pulmões. Ela queria gritar.

"Para com isso! Me solta!"

Ela chuta, tenta lutar, mas é inútil — ele é muito mais forte.

O coração de Frank Zito está acelerado. Ele já não percebe os sons do mundo exterior. Está focado nas batidas do próprio coração e na pressão de suas mãos.

Ele pressiona.

Ele aperta.

Ele esmaga.

Atormentado por um verdadeiro caos mental, que atinge o ápice quando o rosto vermelho da vítima dá lugar ao de Carmen, sua mãe.

Então a raiva de Frank aumenta. Ele intensifica ainda mais o aperto no pescoço da mulher.

Ele esmaga a traqueia dela por completo.

A prostituta e a mãe dele se misturam. Os dois rostos se revezam.

E ele persiste.

E ele aperta, mais e mais.

As pernas da prostituta se agitam e ela perde a consciência. O coração dela cede, por fim, enquanto o de seu assassino permanece exaltado.

Então, ele vê.

Ele olha para as feições inchadas da mulher — como se estivesse vendo pela primeira vez — e entende seu ato.

Frank Zito se levanta com dificuldade, cambaleia até o banheiro e vomita ruidosamente na pia. Então volta para o quarto, chorando e gemendo:

"Por que me obrigou a fazer isso?".

Ele insulta a morta.

"Eu não queria!"

Ele põe a mão no bolso da calça para pegar a faca e, soluçando, se aproxima da cama.

"Eu não queria fazer isso!"

Com a mão esquerda, segura o cabelo da mulher para começar o escalpelamento. Apesar de tudo, ele aprecia o momento quando a lâmina rasga e abre a pele da testa. A carne se separa aos poucos, revelando as primeiras gotas de sangue. O barulho também é importante. O som molhado da pele se rasgando, o grito quase doloroso da derme sendo esfolada.

O trabalho é preciso para não danificar a calota craniana e o cabelo que ele valoriza tanto. Às vezes, enquanto está cortando, ele se inclina para beijar o cabelo. Por outro lado, nunca teve a menor vontade de saborear o sangue de suas vítimas; é algo que lhe causa repulsa e ele despreza aqueles assassinos que se entregam a atos de vampirismo.

Ele toma cuidado para não danificar nada. Seus movimentos são precisos quando começa a remover o escalpo.

Ele destaca o crânio e expõe o cérebro pouco a pouco.

Diferente de quando fala com manequins ou bonecas, ou discute os crimes em detalhes na frente do espelho do banheiro, os assassinatos e os atos de pós-morte são sempre cometidos no mais total e absoluto silêncio. Ele precisa de concentração total para concretizar suas fantasias.

Ele volta para casa com um grande saco plástico preto amarrado. É o corpo da prostituta? Ele parece carregá-lo sem o menor esforço.

Quando fecha o portão do passadiço que leva ao apartamento, ele se depara com uma vizinha que mora no prédio.

Ela aponta para o saco.

"Foi fazer as compras de Natal, sr. Zito? Acho que comprou uma árvore."

"Sim, Sally."

Em seu quarto apertado e escuro, ele deixa o saco no chão e se debruça sobre o manequim de rosto ensanguentando ao lado do qual dormiu na noite passada.

"Sentiu minha falta?"

Frank afasta o cobertor que cobria o manequim e o põe em pé, encostado em um canto do quarto.

"Você vai ficar bem aqui."

Em seguida, ele volta para pegar o saco plástico e o coloca com cuidado sobre a cama.

"Eu falei várias vezes para você não sair esta noite."

Com a voz alta, ele se dirige ao manequim encostado na parede.

"Toda vez que você sai, isso acontece!"

Ele tira a jaqueta, as luvas e o gorro. Resmunga. As palavras que saem de sua boca não são mais inteligíveis, foram substituídas por um fluxo de consciência exclusivamente psicológico.

Isso precisa parar...

É estúpido.

Nunca resulta em nada bom.

Você sabe disso, é claro, e acha que eles não sabem?

Frank começa a rasgar o saco de plástico preto, enquanto as palavras se atropelam por sua mente.

Mas sim!

Eu os ouvi, eu sei. Todos eles sabem.

Aos poucos, surge um novo manequim de supermercado. Um manequim feminino com a pele lisa e rígida, e os olhos imóveis.

Não gosto mais disso.

Você não está ouvindo, não é? Precisa parar!

Frank abre a bolsa de viagem e tira dela um saco de papel kraft, que coloca na mesa de cabeceira.

Você está certo sobre elas. São todas iguais!

Eu as conheço melhor do que ninguém.

"Não posso fazer as mesmas coisas que você faz, mas isso não me impede de ver o que faz. Eu sei."

Ele pega um par de meia-calça preta e a coloca entre as pernas do manequim, na região púbica. Os movimentos são apressados.

Se não posso fazer o mesmo que você, não quer dizer que não posso ver o que você faz...

Ele coloca uma regata preta sobre os seios do manequim.

Eu sei disso.

Um pouco envergonhado com a nudez artificial.

Só fique aí e sorria.

Sim, mademoiselle... não, agora não, como quiser, mademoiselle... eu sei, eu sei.

Com aqueles cabelos, corpos e ares de santa do pau oco, elas sabem como levar um homem à loucura.

Ele veste o manequim com o short roxo da prostitua que acabou de assassinar e remove a peruca. Então faz uma pausa.

Não queria que as coisas acontecessem desse jeito, mas é que elas não sabem a hora de parar. Elas não sabem...

Ele pega o saco de papel de novo e tira dele outro saco, este de plástico, de onde extrai o cabelo ensanguentado e viscoso da prostituta.

Então é preciso pará-las a todo custo!

É seu dever. É seu direito absoluto, sim, mas não desse jeito. Não desse jeito!

Não, nem pensar... por favor, por favor...

Ele posiciona o cabelo na manequim e o ajeita com esmero.

Elas vão afastar você de mim.

Precisa ficar atenta e tomar muito cuidado.

Você tem que me ouvir... não podemos viver assim!

Com um martelo, Frank Zito prega o cabelo no crânio da manequim com muito cuidado.

Tenho que sair e toda vez volta a acontecer... tenho muito medo de que tirem você de mim. Mas não vão conseguir, se você seguir minhas instruções...

Eles nunca conseguirão. Nunca!

Eu prometo!

Nunca!

Nunca...

Nun...

Depois de enfim se acalmar, ele se acomoda na beirada da cama com um exemplar do tabloide *The Daily Tribune*, cuja manchete lê compenetrado:

"Maníaco mutila casal na praia".

Gemendo, ele coloca a cabeça entre as mãos e começa a se balançar para a frente e para trás na cama.

Na noite seguinte, ele organiza seu kit de crime em um estojo de violino, com uma espingarda de cano duplo e munição. Depois, pega uma caixa de biscoitos e se aproxima de uma gaiola onde está trancada uma boneca com uma cabeleira loira e suja.

"Polly, quer um biscoito?"

Em seguida, ele sai de casa levando o estojo, e, conforme fecha a porta, aproveita para falar de forma enfática e teatral com o manequim.

"Eu voltarei."

O período natalino é especial para ele, porque sua amada mãe, Carmen Zito, morreu no dia 25 de dezembro.

4

SERVINDO JUNTO DE "BUDDY"

"Vi essa garota em uma soleira. Ela sorriu para mim. Sorri de volta. Não sei se era prostituta ou não. Elogiei sua bolsa. Tive que segui-la. Eu peguei a bolsa, antes de devolver para ela. Ela se aproximou da varanda no escuro. Agarrei seu pescoço pelo lado esquerdo. Apertei com muita força e ela caiu. Bateu a cabeça no chão, enquanto eu ainda a segurava pelo pescoço. Comecei a rasgar suas roupas, mas o cinto que ela usava não me deixou continuar. Não conseguia abri-lo. O cinto estava me deixando maluco. Então, rasguei as roupas abaixo do cinto. Foi quando ouvi passos. Peguei meu gorro e o pus na cabeça depressa, antes de virar à direita para pegar a 42nd Street. Não olhei para trás. Não lembro que horas eram, nem como cheguei em casa."

A autópsia revelou que ela morreu estrangulada, mas que o assassino foi implacável. Antes, fraturou seu crânio e lacerou o cérebro. Ele a despiu, fragmentos de carne foram dilacerados e retalhados com suas próprias mãos. Um braço foi fraturado e torcido, o crânio estava em grande parte visível, onde o assassino arrancou o cabelo.

Parecia muito mais o ataque de um animal do que de um ser humano. O patologista forense e os detetives da investigação nunca tinham visto tamanha selvageria, apesar dos vários anos de experiência.

・　　・　　・

Esse primeiro assassinato "bem-sucedido", no qual ele manifestou uma fúria incontrolável, não o satisfez por completo. Ele pode ter escapado ileso, mas ainda faltava alguma coisa que ele não conseguia identificar.

Talvez essa parte de suas fantasias venha de seus sonhos — ou pesadelos. Seu ritual ainda não está "estabelecido".

Para fugir da casa da família, cenário de todo o abuso que sofre, ele decide se alistar no exército dos Estados Unidos. Uma vez no exército, Frank Zito estava longe de ser um soldado exemplar, pois o consumo de álcool era tão elevado que muitas vezes foi declarado "ausente" sem licença. Depois de ser acomodado na base militar Fort Benning, na Geórgia, ele até se ausentou por vários dias seguidos, sem nenhuma autorização, e confidenciou a vários companheiros que não respeitava seu oficial superior, que, em sua opinião, não o punia com a severidade devida por suas numerosas falhas disciplinares.

Ele é punido e confinado ao alojamento por quarenta dias, porém deixa o local uma vez para comprar álcool no refeitório. O guarda ordena que ele pare, mas ele nem diminui a velocidade. O carcereiro atira, mas não o acerta. Quando volta, ele promete vingança, e o guarda se desculpa pela atitude. Os dois homens se tornam amigos.

Desde o início, ele admite odiar o exército por duas razões. Primeiro, porque está separado da mãe, e segundo, porque sente que as tarefas físicas não são suficientes para fortalecê-los. O único lugar onde se sente confortável é na guarita, quando é designado para o turno de sentinela.

・　　・　　・

Durante o alistamento, o consumo de álcool e tabaco aumenta drasticamente. Ele fuma um maço por dia e bebe tudo a que tem acesso. Até se gaba para os companheiros dizendo que nunca teve ressaca.

Frank toma de vinte e cinco a trinta cervejas por dia, além de, pelo menos, uma garrafa de uísque. Ele não hesita em misturar inúmeros ingredientes improváveis às cervejas, como sal, pimenta, mostarda, ketchup, molho Tabasco, leite e gin, e bebe como se fosse água.

Seu comportamento então se torna excessivo, a ponto de plantar bananeira no balcão do bar e desafiar os colegas para torneios de queda de braço.

Ele sofre perdas de memória frequentes, e, quando volta à base, acorda os outros soldados jogando-os para fora da cama no meio da noite. Ninguém fala nada, porque tem medo de sua força física e dos acessos de raiva. Quando é interrogado sobre o consumo excessivo de álcool, ele responde apenas:

"Eu me sinto bem quando bebo".

Uma sombra parece entrar sorrateiramente em seu cérebro. Frank vê uma silhueta diante do cadáver de uma mulher. Jesus Cristo, não pode ser ele, pode? Impossível...

Ele começa a recuperar suas memórias de infância em Fort Benning. Quando fala sobre a mãe, seu tom de voz aviva e se torna mais emotivo. Às vezes, ele fica à beira das lágrimas:

"Demorei muito tempo para entender quem era realmente responsável pelo estado mental de minha mãe."

Frank menciona Jekyll e Hyde e comenta com um colega que talvez tenha duas personalidades. Dá para imaginar uma coisa dessa?

Ele começa a ter "discussões" com Buddy, seu alter ego diabólico e imaginário. Afirma ter sofrido abusos físicos e psicológicos do "pai" ou "padrasto", quando, na verdade, a abusadora era a mãe. "Buddy" oferece a ele a chance de se tornar seu confidente e cristaliza seu desejo de vingança. Já adulto, ele raramente fala disso, temendo que as pessoas riam dele.

Menciona a história para o melhor amigo no exército e para uma mulher que conhece por acaso em um bar.

O que Frank diz a eles retrata uma fascinante personalidade multifacetada e seus relacionamentos ambivalentes com o sexo oposto.

A mulher a quem ele faz confidências está saindo de uma loja e derruba um pacote quando ele esbarra nela, tentando desviar de um carrinho de bebê. Ele pega o pacote do chão e o entrega a ela, sem que nenhuma palavra seja trocada.

Uma loira elegante, de olhos verdes. Ela o encara com frieza. Quando a mulher não agradece, Frank se curva em uma reverência debochada: "Meu nome é Frank Zito". Ele esboça um sorriso. "Ao seu dispor, senhora."

Ela nota seu tom de voz e responde apenas "Obrigada". Depois o examina da cabeça aos pés, percebendo que está diante de um homem bonito.

"Conheço uma mulher", diz ele, quando a vê se virar para ir embora. "O nome dela é Carmen Zito. Linda, de verdade. Ela poderia ser sua dublê, exceto por um detalhe."

"E que detalhe é esse?"

"Ela não tem sua classe."

"Ah, é?"

Dessa vez, ela o examina com mais atenção.

"Eu poderia lhe contar tudo, se aceitasse meu convite para um drink." Ela franze a testa. "Devo me desculpar e confessar que você é a única mulher que me faz lembrar de minha mãe. Por isso tomei a liberdade de insistir."

Ela hesita por um momento.

Olha para o relógio, 13h15. Ainda tem um bom tempo livre.

"Por que não?", ela responde com um sorriso.

Frank chama um táxi para percorrer o trajeto curto até o hotel perto dali. Eve, como todas as outras por quem se sente atraído, é mais velha que ele. Quando chegam lá, escolhem uma mesa com vista para a rua, onde acontece um desfile de policiais a cavalo. Eles se exibem ao som de cascos nos paralelepípedos, gaitas de fole e tambores.

Ela pede um martíni, enquanto ele parece relutante em pedir um uísque, adotando um tom de voz sussurrante que a pega de surpresa.

Quando o garçom traz as bebidas, Zito o encara como se estivesse hipnotizado, com o olhar imediatamente perdido no balanço do líquido. Ela pergunta se ele está se sentindo mal.

"Não, está tudo bem", ele responde, e esvazia o copo em um só gole.

Depois do segundo uísque, ele relaxa e conta que não está acostumado a beber, o que Eve acha estranho. Se fosse assim, por que o convite para ir a um bar? Ela acende um cigarro, enquanto o álcool parece fazer efeito. O tom reservado de Frank desaparece, e ele começa a falar sobre a mãe, o "pai" e a irmã, Mona. Pergunta se ela é casada, mas ela não responde e se limita a sorrir de um jeito significativo.

"Você tem mãos bonitas."

Ele cuida das mãos com atenção obsessiva, costumando dedicar cerca de meia hora a cortar e limpar as unhas para que estejam sempre impecavelmente limpas.

"Gosto de mãos fortes."

Os dois martínis que ela bebeu começam a fazer efeito. Ela toca o pulso dele com uma unha pintada.

O garçom traz mais uma rodada, e é então que ele pergunta se ela já teve um companheiro invisível.

"Um companheiro o quê?"

"Uma espécie de amigo imaginário. Muitas crianças têm, especialmente quando são solitárias."

"Você tinha?"

"Sim."

De repente, o olhar dele parece ficar distante, como se retornasse a um passado longínquo.

"Acho que nunca contei isso para ninguém até agora. Foi depois que nos mudamos para Nova York."

"Sim?"

"É difícil lembrar, parece um sonho. Talvez comece assim, com um sonho."

"O que começa assim?"

"Figuras como 'Buddy'."

A loira franze a testa de novo.

"Buddy?"

"É como eu o chamo. Ele nunca quis me dizer seu nome verdadeiro."

"Não quis?" Ela quase ri. "Mas era só sua imaginação."

"Talvez."

"Talvez?"

"Buddy me dava a sensação de ser real, como se estivesse ali de verdade. Ele me ensinava coisas que eu não sabia. Coisas que eu não tinha lido em um livro."

"Mesmo que parecesse real, você só estava falando sozinho."

Depois de um tempo, Frank começa a rir.

"Hum. Na maior parte do tempo, quem falava era o Buddy. Ele era muito esperto."

"Isso é uma piada, ou alguma coisa assim?" Eve percebe sua hostilidade repentina e se recompõe na mesma hora: "Continua, estou interessada".

Eve tem que admitir que ele é fascinante. Esse homem, que ela encontrou por acaso, está, ao seu modo, evocando "Buddy", como se esse personagem imaginário existisse de verdade. Os olhos de Frank dançam cheios de intensidade, e ele ri baixinho depois de cada frase.

Graças à descrição que ele faz, Eve consegue visualizar o rosto fino, as orelhas de duende, os traços angulosos, o olhar travesso e a voz de Peter Pan.

"E aí, o que você fez?"

Silêncio. Ele parece aturdido com a pergunta, e o bom humor desaparece na hora:

"Ah, só coisas".

"Que tipo de coisas? Coisas perversas?"

Frank demora para responder.

"E aí?"

"Não! Era ele quem fazia coisas cruéis!"

"Está falando de Buddy? Mas..."

"Não."

A boca dele se contorce em uma careta.

"Buddy é meu amigo."

"Quem, então, droga?"

Frank Zito permanece em silêncio.

Seu rosto fica sombrio, as narinas estreitam e as têmporas pulsam agitadas por impulsos incontroláveis.

O rosto dele se transformou completamente... para pior.

"Como se sente?"

Ele pisca e parece se controlar. Ela o examina com o cigarro pendurado entre os lábios.

"É."

Frank assinala para o garçom pedindo outra rodada.

"Acho que minha piada sobre o 'Buddy' saiu pela culatra. Assustei você para valer!"

"Piada?"

O olhar dela se torna inquisitivo e penetrante.

"Não era verdade?"

"Não."

Ela não acredita nisso nem por um segundo. Ele jamais teria reagido daquele jeito.

"Por que, então?"

"Tem um cara com quem dividi o quarto no exército. Ele não é como os outros e ninguém o suporta. Foi ele quem me contou essa história sobre um companheiro invisível, que ele inventou para acabar com sua solidão. Eu a peguei emprestada. Foi só para me exibir."

Uma explicação plausível, mas que ela tem dificuldade para aceitar depois de ter testemunhado suas reações.

"Eu me empolguei...", ele minimiza. "Muita imaginação, acho." Depois, insiste: "Meu amigo teve uma infância difícil. O pai era alcoólatra, a mãe o deixou para se casar com outro. E o padrasto era um alcoólatra ainda pior. Ele o odiava de verdade. Disse que fez muitas coisas ruins com esse homem... isso me impressionou de um jeito estranho, como uma espécie de transferência entre nós. Acho que ele é uma pessoa realmente profunda".

Frank sente o ceticismo da mulher. Então reitera:

"Tem muita coisa que não sabemos. As pessoas dizem que isso ou aquilo jamais poderia acontecer, porque têm a mente fechada".

Pouco a pouco, ele começa a divagar:

"Se você é alguém que só se interessa por dinheiro ou carros, e isso funciona para você, todo o resto pode parecer bobagem".

"Todo o resto?"

"Coisas estranhas acontecem com as pessoas... ah, talvez, só uma vez na vida... alguma coisa que elas não podem entender ou explicar, e, portanto, não falam sobre isso, por medo de que os outros pensem que são excêntricas."

Frank para de falar. A mulher o observa, cautelosa. Ela suspira e dá de ombros.

"Acho que você sabe do que está falando."

Ela se surpreende com suas mudanças repentinas de humor. Ele tem dificuldade em manter o autocontrole habitual e o ar de sofisticação. Ela pega um cigarro.

Frank se inclina para acendê-lo com seu isqueiro, antes de sorrir e perguntar se pode dar uma tragada.

Ela se pergunta se o álcool ainda está agindo, pois a imagem desse homem está desaparecendo, e aos poucos dá lugar a outra personalidade. De sua boca escancarada escapam nuvens de fumaça, carnívora e sensual.

"Então, hoje de manhã eu estava falando com um dos negros."

Ela não tinha ideia de onde ele estava querendo chegar.

"Por que está me dizendo isso?"

"Eles são bem primitivos. Negros aprendem depressa, especialmente as mulheres. Elas têm uma coisa — e muito mais!"

"Em que sentido?"

"São gostosas."

O tom de voz dele se torna sugestivo.

"Cristo, são uma coisa de louco!"

A mulher tenta acompanhar a conversa.

"Ah, é? E eu achava que elas tinham as pernas magricelas e o cabelo crespo."

Frank Zito dá uma gargalhada.

"Não acredite em nada disso. Conheço algumas que fariam Betty Grable parecer um gnomo de jardim. Especialmente algumas strippers. Uau!"

Ela termina a bebida.

O garçom se aproxima em silêncio. Ela começa a se sentir bem outra vez e, devagarinho, está entrando na brincadeira.

"Me conta, elas se despem por completo?"

"Sim." Frank é categórico. "Por completo."

"E não ficam constrangidas por estarem assim, peladas, diante de uma plateia masculina?"

"Strippers adoram mostrar o corpo. Caso contrário, estariam fazendo outra coisa."

"E as que são brancas?", a mulher gagueja. "Quero dizer..."

"São diferentes... mais profissionais, acho. O que importa para elas, em primeiro lugar, são os dólares."

"E as negras fazem isso por prazer?"

"Bem, sempre tive essa impressão", afirma Frank, com muita confiança.

"Podemos dizer que você é um connaisseur. Deve gostar de ver mulheres tirando a roupa."

"E por que não?", ele retruca, sorrindo e acendendo outro cigarro.

"Você namoraria uma mulher negra? Talvez já tenha namorado."

"Por que quer saber?"

"Nenhum motivo em particular."

Ele deduz que o assunto deve excitar Eve.

"Talvez se..."

"Sim?"

"Se eu a amasse." Ele acrescenta: "E se ela fosse... como você".

A mulher sorri. Ela sente que esse cara estranho sempre tem uma resposta na ponta da língua.

"Aposto que já namorou dezenas de mulheres negras." A simples ideia é excitante. "Elas eram boas?" Eve tenta adotar um tom descontraído.

"Sim... eram muito boas."

Seu tom é quase divertido.

"E você?"

"Uma mulher é mais forte que um homem, e melhor. Não estou falando sobre músculos, mas sobre coisas que importam. Os órgãos. Nenhum homem é bom o bastante."

"Depende do homem."

"A maioria não é capaz de satisfazer uma mulher quando ela está excitada."

"Alguns conseguem."

"Como você?"

"Talvez."

Eve jamais havia conhecido alguém que conseguisse excitá-la como Frank. Ele a seduzia com um simples olhar.

Ela o responde de forma casual:

"Admito que você conseguiria".

Ele segura a mão dela e começa a afagar a palma com o polegar. Ela se pergunta se está prestes a ter um orgasmo, sem que houvesse nenhum contato sexual entre os dois.

"Você tem o rosto de um bebê", ela fala com voz rouca, como se tivesse dificuldade para respirar. "Mas na verdade, é cruel... não é? Gosta de fazer coisas sacanas com as mulheres?"

De repente, ele perde a concentração quando vários empresários vestidos com ternos em tons de cinza entram no saguão.

Um deles olha na direção de Eve e faz um comentário que provoca gargalhadas do grupo.

Ela percebe a mudança na expressão de Frank, que fica tenso, e isso quebra o encanto.

"Acho que preciso retocar a maquiagem. Não demoro."

"Ok."

Ele começa a suar quando Eve vai ao banheiro.

"Moro perto daqui, descendo a rua a partir dos jardins."

Assim que fica sozinho, o álcool parece fazer efeito. Seu corpo fica tenso, em estado de choque extremo, como se estivesse tendo um pesadelo, antes de começar a relaxar de novo.

Ele olha em volta.

A algumas mesas de distância, uma velhota loira em roupas luxuosas fuma um cigarro e bebe conhaque. Perto dela, um militar de aparência carrancuda está sentado com a esposa, enquanto, um pouco mais adiante, dois homens gesticulam com entusiasmo.

A velha loira percebe que ele está sorrindo para ela, e seu rosto se ilumina por um momento em vã esperança, antes de se contorcer em uma careta.

Entretanto, não tem nada de cativante no sorriso dele; é sarcástico, ameaçador até. Rindo, Frank prepara um drinque com sal, pimenta, açúcar e ketchup. Com um ar zombeteiro, levanta o copo para ela como se segurasse um cálice, fazendo o sinal da cruz com o polegar.

O gesto é tão obsceno e blasfemo, que ela fica profundamente chocada. Deixa a mesa para ajeitar o cabelo e tentar esquecer aquele rosto maléfico. Frank dá risada, e o som estridente atrai todos os olhares.

A atmosfera calma e relaxada do bar se transformou com o clima barulhento do happy hour. A loira, o militar e sua esposa e os empresários deram lugar a um grande número de trabalhadores. Fumaça de cigarro paira sobre as mesas, embalada pelo tilintar de copos, risadas e vozes.

O cinzeiro de Eve está cheio de pontas de cigarro, que se acumulam diante dela.

Sua beleza atrai olhares de outros homens, mas nenhum deles se atreve a tentar uma aproximação, contidos pela aparência imponente — e ameaçadora — de Zito. Ela esvazia um copo atrás do outro, como ele. Tem a impressão de que Frank ficou mais sombrio, as veias incharam como se seu sangue tivesse ficado mais escuro.

Ela nota a expressão transtornada dele quando alguém olha para ela, o que a excita e apavora ao mesmo tempo. Eve vira a cabeça ao ouvir o assobio que o companheiro de mesa emite.

Ele a está encarando com uma expressão selvagem, assassina, com os lábios contraídos em um sorriso mortal.

Não é tanto a expressão dele que a aterroriza, mas a mudança glacial na atmosfera que de repente parece envolvê-lo, como se estivesse no último estágio de uma transformação diabólica.

Um gemido sufocado escapa de sua garanta quando percebe que ele está segurando o copo com toda força, antes de estilhaçá-lo em mil pedaços que se espalham pela mesa. Frank levanta com um movimento brusco e, por um momento, ela tem medo de que o homem a ataque, que corte seu rosto com o caco de vidro que ainda está segurando. Ele o joga no chão, chuta a cadeira dela para fora caminho e, sem dizer uma palavra sequer, sai do bar como um touro furioso, empurrando várias pessoas.

Eve continua sentada, chocada, sentindo o rosto corado pela mistura de medo e constrangimento, enquanto ouve os gritos de reclamação de outros clientes que tiveram que abrir caminho para ele.

"Pelo amor de Deus! Seu filho da mãe!"

Ela vê algumas pessoas quase caírem com o impacto, mas ninguém tenta detê-lo ou se colocar no seu caminho. Aproveitando a atmosfera de confusão, ela pega suas coisas o mais depressa possível e sai de cena com a intenção de ir para casa.

O comportamento errático de Frank Zito, suas frequentes transgressões disciplinares, a violência, os insultos que despeja sobre os superiores e o consumo excessivo de álcool rendem a ele uma dispensa do exército depois de um ano e meio.

Frustrado, ele volta a Nova York para morar durante algumas semanas na casa da família, de onde Mona havia saído algum tempo antes. Para se sustentar, encontra um emprego de zelador de prédio, o que o deixa com muito tempo livre. Sua principal tarefa é esvaziar as latas de lixo todos os dias e guardar as chaves dos inquilinos quando eles estão fora. O emprego também fornece moradia, um quartinho com um banheiro pequeno.

A volta para Nova York permite que ele retorne a seu bairro favorito e recupere a esperança de, por fim, conseguir dar asas às suas fantasias mais mórbidas, que logo brotam... e desabrocham.

5
GOLPE DUPLO

Enquanto relembra esses episódios do passado, vividos quando tinha 25 anos, Frank Zito troca Manhattan pelo Brooklyn. Ele quer evitar a área habitual de caça, a 42nd Street e a orla de Nova York, que acredita, corretamente, ser alvo de numerosas patrulhas policiais. O local está apinhado de policiais por conta da grande repercussão dos três assassinatos que foram manchete, apesar da violência costumeira na cidade.

Ele escolhe a região de Williamsburg, uma área tranquila do Brooklyn durante o dia, mas muito movimentada à noite, com diversos bares e boates. Frank encontra uma vaga para estacionar o carro na frente da saída da boate Blossoms.

Com os faróis do automóvel apagados, ele observa o vai e vem de clientes e seguranças sob o toldo vermelho, esperando surgir uma possível vítima de seu agrado.

Depois de 45 minutos, o assassino vê uma jovem de cabelo comprido que o faz lembrar da mãe. Ela está acompanhada por um homem de bigode na casa dos 40 anos. O casal espera o manobrista trazer seu carro. Depois de darem uma gorjeta ao rapaz, entram no veículo. Frank decide segui-los, deixando dois ou três carros entre eles para evitar suspeitas.

Eles atravessam a ponte Verrazzano, que liga o Brooklyn a Staten Island, onde John Travolta gravou uma cena do filme *Os Embalos de Sábado à Noite*, de 1977. O casal pega uma rotatória para estacionar longe de todo mundo, menos de Frank Zito, que toma o cuidado de diminuir a velocidade e desligar os faróis.

Como um predador silencioso, uma sombra invisível, ele dirige lentamente até parar a poucas dezenas de metros do casal. Frank sente um arrepio na espinha. Sua respiração está ofegante. A caça, que teve um começo tão promissor, agora pode passar para a próxima fase.

No veículo, a atmosfera é relaxada, sobretudo porque eles beberam muito.

O homem de bigode sorri, encarando o próprio reflexo no retrovisor.

Ele deixa escapar um suspiro exagerado.

"E aqui estamos."

A jovem o devora com os olhos.

"Meu namorado vai ficar furioso se eu não chegar logo em casa."

Depois de um tempo, o homem enfim se vira para ela e, com indiferença, coloca um braço em volta do ombro dela.

"Seu namorado não está aqui."

Ele tenta beijá-la, mas a mulher vira a cabeça, ainda sorrindo.

"Este lugar é bonito..."

Ela diz isso para provocá-lo, sem dúvida. É um jogo entre eles. Toda vez que se encontram e passam a noite juntos, fazem questão de respeitar todos os pequenos detalhes da cerimônia. As atitudes. As aparências. Até mesmo as respostas que dão existem para contribuir com a sensação sutil do fruto proibido.

Visivelmente desapontado, o homem de bigode recua um pouco em seu assento.

"De fato."

"Você vem sempre aqui?", pergunta ela.

O homem não responde. O silêncio entre os dois dura alguns segundos, antes de ser quebrado pela risada constrangida da jovem.

Em resposta, o homem de bigode tenta de novo e beija a boca da jovem. Desta vez, ela não vira o rosto e retribui o beijo com ardor.

O homem pergunta:

"Vamos nos ver outra vez?".

A jovem passa a examiná-lo com um olhar intenso, e responde: "Onde vai ser?".

O homem arregala os olhos, voraz.

"No banco de trás!"

Ela ri de novo e depois concorda:

"É claro".

Ao longe, Frank observa o casal passar para o banco traseiro. Este é o seu sinal.

Ele abre a porta do próprio carro e sai, se esgueirando pela noite deserta. As solas de seus sapatos rangem no asfalto.

Frank logo chega bem perto do casal. Sob a proteção do capuz, ele dedica um tempo, quase a contragosto, para observar suas presas.

O casal, acomodado no banco traseiro, já começou a se despir. Eles trocam carícias. Frank assiste e sua respiração ofegante fica acelerada.

De repente, a jovem abre os olhos e percebe uma forma através do retrovisor.

"Vi alguém!"

"Seu namorado?", exclama com sarcasmo o homem de bigode.

Ele quase não interrompe o ato obsceno.

"Não", a jovem insiste, tentando levantar. "Tem alguém ali..."

Ela se afasta dos braços dele.

"Eu vi um cara!"

"Não, não tem ninguém ali."

"Quero ir embora!" O pânico toma conta dela. "Quero ir para casa! Vamos embora!"

Ela se veste e volta para o banco da frente. O homem, tendo que obedecê-la a contragosto, retoma seu lugar ao volante, sem esconder a irritação.

Ela repete, suplicante.

"Tem alguém aqui! Eu vi! Depressa! Vai, liga o motor!"

Decepcionado, o homem obedece.

Quando ele enfim liga o carro e acende os faróis, a situação muda de figura. Uma figura enorme — Frank Zito — surge no feixe de luz.

O homem atrás do volante leva um susto, apavorado pela visão da forma fantasmagórica.

A mulher grita.

Os segundos se arrastam. O tempo se estende em uma terrível câmera lenta.

Então, em um movimento ágil, o predador salta sobre o capô com uma espingarda de cano duplo na mão. Ele começa a atirar de imediato e acerta o rosto do motorista.

O crânio do homem explode como uma melancia passada. Fragmentos de osso, sangue e cérebro são projetados por todo o interior do carro.

A passageira está coberta com o sangue do amante, que pinga nos assentos.

Ela grita de terror ao ver aquela cena saída de um pesadelo.

A jovem tenta se esconder embaixo do banco e ver para onde foi seu torturador, que desapareceu de repente.

Quando ele reaparece do outro lado do carro, ela grita de novo, se sentindo totalmente desamparada. Presa no carro que se tornará sua sepultura.

Frank aponta para a jovem à queima-roupa.

Um silêncio sepulcral. Um prelúdio glacial para o inevitável.

O cano da arma a encara. De novo aquela horrível câmera lenta.

A jovem ainda está gritando quando o monólito obscuro que é Frank Zito enfim puxa o gatilho. A cabeça dela explode em mil pedaços, e o assassino se pergunta, com pragmatismo, se vai conseguir salvar o cabelo, porque a escuridão do ambiente o impediu de agir como pretendia.

Ele permanece atordoado por um longo momento, então começa a tremer de nervoso. Depois de alguns minutos, se acalma e cambaleia de volta ao carro para ir para casa.

De volta ao apartamento, Frank Zito está abatido. Ele tem o cuidado de guardar a arma e de se limpar de todos os rastros do crime. Embora seja profundamente afetado pelos crimes que comete, nunca se esquece de apagar os vestígios, o máximo possível, para não deixar pistas.

Então ele senta em frente à televisão e, atordoado, assiste ao noticiário:

"Boa noite, eu sou George Garrison e falo ao vivo de Nova York sobre a mais chocante carnificina em nossa cidade, depois do assassinato de um jovem casal anteontem na praia e a morte de uma prostituta na noite passada..."

A tela mostra a vista noturna da Grande Maçã, filmada de um helicóptero.

"Paul Delaney, o chefe de polícia, nomeou equipes especiais de cerca de vinte detetives para procurar o maníaco que causou a morte de cinco pessoas em nossa metrópole. A horrível mutilação dos cadáveres sugere que tudo foi obra de um único assassino. No entanto, não há testemunhas, nem pistas e..."

Com um gesto lento, Frank desliga o aparelho e tira o roupão.

Ele fica parado por um momento. Depois se deita na cama, de pijama, e pega uma escova de cabelo. Seu olhar é distante.

Enquanto escova o cabelo oleoso, pergunta:

"O que eu deveria ter feito?".

O rosto dele está brilhando de suor.

"Eu entendi direito..."

Ele suspira.

"Eu sempre escuto..."

Ele larga a escova e levanta a coberta ao seu lado, revelando um manequim algemado.

"Não posso mais sair."

Na verdade, é com ele que Frank está falando.

"Está ficando impossível."

As mãos algemadas do manequim estão cobertas de sangue.

"Essas meninas são provocantes de minissaia, batom, dançando, se exibindo e rindo por aí..."

Quanto mais ele fala, mais a respiração fica ofegante, como sempre acontece quando é dominado pela emoção.

"Você poderia fazê-las parar, não é?"

Ele assente com a cabeça.

"Eu não consigo. Você consegue, não é? Elas não vão mais poder rir ou dançar..."

Ele fica irritado.

"Faça-as parar, ou elas vão tirar você de mim!", ele implora, uma admissão cruel da própria impotência.

Com os olhos vidrados, Frank enfim apaga o abajur em cima da mesinha de cabeceira.

"Não quero deixar que tirem você de mim."

Frank se algema ao pulso do manequim, depois deita na cama e se aconchega nele.

"Você é minha, só minha..."

A cabeça enorme dele balança para a frente e para trás, e ele começa a choramingar.

"E eu estou muito feliz."

Ele fecha os olhos e soluça, como uma criança perdida.

6
NASCIDO PARA SER MANÍACO

Jennifer, 30 anos de idade, faz tudo que pode para se proteger embaixo do guarda-chuva a caminho de casa, depois de fazer hora extra no departamento de química da Universidade de Nova York.

O vento inclina até as árvores, que parecem dançar na tempestade. A chuva também faz com que enxurradas de lama amarelada jorrem pelas valas cavadas na lateral da rua.

De repente, alguém aparece diante dela:

"Olá". Um homem enorme. "Está chovendo canivetes."

"Você me assustou", responde ela.

Mas o sorriso e a aparente simpatia de Frank logo apagam essa primeira impressão.

"Será que pode dividir o guarda-chuva comigo?"

Ela faz uma pausa.

"Se faz questão."

Em circunstâncias normais, ela teria o mandado pastar. Mas ele parece inofensivo. Explica que estava procurando uma barraca de cachorro-quente para fazer um lanche e se perdeu por causa do escuro.

Por um momento, Jennifer estranha que o homem não esteja tão molhado quanto seria esperado. Talvez tenha se abrigado embaixo de uma árvore?

Para falar a verdade, ela acha ótimo ter companhia, porque desde o começo da década de 1970 e todas aquelas notícias sobre crimes em

Nova York, Jennifer tem medo de percorrer o caminho da universidade até sua casa sozinha todas as noites. Na próxima, se o chefe insistir que faça hora extra à noite, ela vai exigir reembolso do táxi.

Contra o vento que chicoteia o rosto e o corpo, o avanço dos dois é bem lento. Ele segura as beiradas do guarda-chuva para impedir que vire do avesso.

Jennifer não pediu ajuda, então acha que ele é muito gentil. Mesmo no frio de bater os dentes, ela tem consciência da altura e da vitalidade que emana do desconhecido.

Para de se enganar. Ele é jovem, deve ser uns seis ou oito anos mais novo que você.

De repente, eles passam por outra pessoa que caminha inclinada contra a força das intempéries.

Frank se dirige a ele:

"Ei, sabe se tem alguma barraca de cachorro-quente por aqui?".

O homem balança a cabeça e espalha gotas de água em todas as direções.

"Não, não tem nada por aqui. Sinto muito!"

Jennifer se sente aliviada por estar em tão boa companhia, porque o homem que acabaram de encontrar tinha o ar ameaçador de um gorila, e sua voz rouca parecia destilar uma ameaça perigosa. Ela treme só de pensar se o tivesse encontrado sozinha...

O vento uiva cada vez mais alto, e ela mal consegue ouvir uma frase inteira dita pelo companheiro, apenas trechos entrecortados. Sozinho em Nova York... sente falta da mãe... ela se identifica com o sentimento, porque a mãe mora do outro lado do país.

· · ·

Eles passam ao lado de um terreno baldio coberto de mato e entulho, um espaço que traz à mente a imagem de um cemitério abandonado. Jennifer sente outro arrepio, porém não é mais o frio que o provoca. Um medo incerto cresce dentro dela. Nada concreto. De qualquer maneira, é impossível pensar em outra coisa que não seja essa batalha constante contra as intempéries. Seu cabelo comprido está completamente ensopado, e ela tenta em vão impedir que as gotas escorram pelo rosto.

Um relâmpago corta a noite e ilumina por um breve instante o rosto sorridente do homem.

"As garotas por aqui são muito livres e relaxadas, elas falam em alto e bom som, mas você é diferente. Sua voz é suave, muito suave. Aposto que canta muito bem."

Frank chega muito perto dela e ri. Ele passa um braço sobre os ombros de Jennifer, como se fossem velhos conhecidos.

Ela teria preferido que ele afastasse o braço, porque se considera uma mulher respeitável, afinal de contas. Ao mesmo tempo, o gesto a protege do frio. Ela decide não protestar e deixar o braço dele onde está. Sua mãe sempre disse que ela é independente demais e não confia muito nos outros.

Ele não parece sentir frio, o que Jennifer acha estranho. Seu corpo irradia calor, como se fosse imune à atmosfera do anoitecer.

Mais um clarão de luz azulada ilumina o céu, e o estrondo do trovão a desestabiliza de novo. Muito focada na natureza das intempéries que os dois têm que enfrentar, ela percebe enfim que Frank ri em silêncio de cada frase que pronuncia, como um bêbado. O homem vira o rosto em sua direção, e Jennifer sente pela primeira vez o forte odor de álcool em seu hálito. O olhar dele é estranho.

De repente, a palavra *dissimulado* passa pela cabeça de Jennifer. Ela se acalma, se convence de que é tudo fruto de sua imaginação, consequência da tempestade e da natureza curiosa de sua própria personalidade. De qualquer maneira, logo estará segura em casa, porque já consegue ver a rua onde mora. Só mais uns cem metros. Ela quer afastar o braço do homem e correr, mas uma pressão repentina a impede.

Foi então que ela percebeu a força que emanava de Frank. O cheiro de terra molhada fica mais forte a cada instante, enquanto a voz do homem engrossa e as risadinhas se tornam um gorgolejo sinistro, agudo.

Ela grita:

"Me solta!".

Ele a conduz para um parque do outro lado da rua.

"Me solta! Que merda!"

Seus sapatos ficam cobertos de lama e a obrigam a andar mais devagar.

Frank solta uma risada glacial.

"Estou acostumado a ouvir vozes suaves", ele sussurra, aumentando a pressão do braço sobre os ombros de Jennifer. "Vozes doces, muito doces. Desejo essas vozes, quero tê-las para mim, mas elas vão embora."

Alguma coisa terrível o domina, como se a camuflagem de bondade desaparecesse e fosse substituída por algum tipo de animal selvagem. Uma fera. Um terror inominável o domina. Frank diz a ela:

"Quero sua voz".

O sorriso de escárnio se transforma em um sussurro, a personificação do mal absoluto.

"Quero sua voz", repete ele. "Para mim, só para mim. E seu cabelo, especialmente o seu cabelo, porque é parecido com o de minha mãe.

Os olhos dele se estreitam tanto que parecem os de um réptil.

Frank grita:

"Quero seu cabelo!".

Ele a agarra pelo pescoço e a joga no chão. Ela tenta se defender, mas o esforço é inútil, não só por ele ser forte, mas também porque ela não consegue se equilibrar no chão enlameado do parque. Ele enterra o rosto dela no barro, que entope suas narinas, a boca e os olhos, expulsando a vida de seu corpo aos poucos.

Novamente em casa, Frank para na frente do espelho do banheiro, lava os rastros do temporal e do crime, e relembra em voz alta — um hábito que ele manterá no futuro — o que seu dublê maléfico fez:

"Ela caiu. Na hora, fiquei furioso e a dilacerei...".

Ele repete, monolítico:

"Eu a dilacerei. A mulher tinha a voz bonita e o cabelo deslumbrante. Ela estava indo embora, e eu não queria que me deixasse. Então a agarrei pelo pescoço. E a estrangulei. Eu a estrangulei. Ela não emitiu nenhum som".

O assassino murmura:

"Ela era tão doce", ele está à beira das lágrimas. "Eu pensei, 'O que foi que eu fiz? Vou ter que levá-la para outro lugar'. Eu a levei até uma cerca. E a empurrei por baixo dela. Pulei a cerca para puxá-la do outro lado, pelas axilas. Carreguei a mulher por alguns metros, antes de cair na lama. Ela fez um barulho engraçado, um ruído como de gorgolejo. Achei melhor parar com o barulho, então dobrei o vestido dela para cima, sobre o rosto. E aproveitei para afastar o cabelo de sua cara. Ouvi alguém do outro lado da rua. Fiquei apavorado e me escondi atrás de um muro de pedra. Meu coração disparou. Não conseguia olhar para ela. Vi sua bolsa. Sabia que tinha que ir para casa, mas estava sem dinheiro. Peguei a bolsa e a escondi embaixo do casaco. Sabia que não conseguiria ir muito longe com uma bolsa daquele tamanho."

Ele está quase sem fôlego.

"Virei à esquerda para entrar em uma viela. Revirei a bolsa, que continha um monte de coisas. Coisas demais. De início, não encontrei nenhum dinheiro. Cada vez que tocava alguma coisa, tomava o cuidado de limpar o objeto. Não queria deixar impressões digitais. Enfim, encontrei o dinheiro. 15 dólares. Contei as cédulas embaixo de um poste. Fui até uma esquina e peguei um táxi para casa. Fui para a cama, mas não dormi direito. Na manhã seguinte, acordei com uma dor de cabeça terrível. De imediato, fui procurar uma bebida."

Alguns meses mais tarde, Frank Zito tinha acabado de completar 25 anos, e não fazia muito tempo que sua "amada" mãe, Carmen, havia falecido no dia de Natal. No entanto, esse amor existia sem motivos, já que foi ela quem infligiu o abuso físico em seu peito e o bullying psicológico com a cumplicidade de sua irmã, Mona, que ele não vê desde a morte da mãe e não quer ver nunca mais. Frank não sabe o que aconteceu com o homem que julga ser seu pai, embora não tenha certeza, considerando os diversos amantes e clientes da mãe.

Quando ela morreu, ele pegou todo o dinheiro que a mulher havia acumulado com seus inúmeros "truques".

Naquela noite, ele sente as fantasias voltando. Soube que tinha que colocá-las em prática. Ele entra no carro e demora cerca de 45 minutos para chegar ao seu bairro favorito, o Forty Deuce no lado oeste da 42nd Street, depois de passar pela Times Square e pelo labirinto gigantesco do terminal rodoviário de Autoridade Portuária. Ele adora caminhar pela região decadente e pela 8th Avenue, cheia de gays "papa-anjos" em busca de jovens travestis e michês; "cafetões", viciados e prostitutas, muitas vezes menores de idade usando saias ultracurtas.

Em todos os lugares, cafetões tentam atrair as pessoas para as boates de strip e as sex shops abertas até de madrugada, normalmente até as quatro da manhã, entre elas o Black Jack Exotic Book Store, o Adult Mini Theater, o Psychedelic Burlesk Fun House, o Follies Burlesk, o Rap Studio ou o Roxy Burlesk Theater, todos pelo mesmo preço, 25 centavos de dólar. Esses locais de peep show oferecem cabines privadas onde você pode se trancar com prostitutas.

Nesse período dos anos 1970, os diversos cinemas com suas marquises muito iluminadas oferecem sessões triplas de filmes de terror de segunda categoria, filmes B de ação filipinos e asiáticos, mas, acima de tudo, pornôs, como no Victory, The Globe, Bryant, Rialto, Hardy, World, Playland ou Circus Cinema. Diferentes dos cinemas em outros lugares, estes não ficam escuros por completo, mas em semiescuridão.

Tem muito movimento entre a sala e os banheiros, e há sempre um policial no local, no fundo da sala, para garantir a segurança. Porque, nesta época, esse distrito da luz vermelha tem um índice de assaltos e transgressões que varia entre 2.200 e 2.400 casos ao ano, antes de ser "limpo" pela prefeitura de Nova York.

Frank Zito se sente perfeitamente à vontade ali, porque ninguém presta a menor atenção nele.

As latas de lixo estão transbordando, as calçadas estão cobertas de destroços, e, às vezes, de pessoas drogadas ou bêbadas, sem falar nos sem-teto.

Seringas e outros incontáveis tipos de lixo cobrem o chão por todos os lados. Os táxis, aqueles típicos carros amarelos de Nova York, passam cantando pneu. No meio dos antros de devassidão existem alguns poucos espaços religiosos, como a Missão Cremorne de Jerry McAuley, sem falar no trânsito de hare krishnas e até demonstrações de um grupo chamado Mulheres Contra a Pornografia, o WAP.

Frank Zito passa pelo antigo local do Hubert's Dime Museum and Flea Circus, que funcionava no número 232 do lado oeste da 42nd Street, entre as avenidas 7th e 8th, onde a mãe às vezes o levava com a irmã ou o primo. A entrada custa 10 centavos, e ele se diverte vendo Lady Olga, a mulher barbada; Jack Drácula, cujo corpo é inteiramente coberto de tatuagens; Príncipe Henry, o equilibrista de 1,80 m; ou Albert-Alberta, meio homem e meio mulher; sem esquecer o treinador de pulgas e outros insetos. O jovem Frank adora espiar a vitrine da loja de lembrancinhas. Infelizmente, o estabelecimento fechou de vez em 1969 para se transformar em um peep show, como muitos outros na rua, embora a placa ainda esteja visível acima da boate.

É quase meia-noite.

O calor é opressor. Ele entra em um beco escuro perto do terminal rodoviário de Autoridade Portuária, onde, no interior do labirinto de ônibus a caminho de todos os cantos dos Estados Unidos, prostitutas tentam atrair clientes.

Um ônibus acabou de partir para Boston. A plataforma está vazia. Tem uma garota fazendo programa. A noite está tranquila. Ao longe, ouve-se o eco abafado do tráfego no lado oeste da 42nd Street e as buzinas dos ônibus que se preparam para partir.

Alto-falantes transmitem as notícias como o murmúrio distante de uma cidade que é tudo menos sossegada.

De repente, passos ecoam nos paralelepípedos soltos e uma silhueta se aproxima da prostituta.

A jovem de saia ultracurta e camiseta justa se desencosta da parede em que estava apoiada. Ela joga fora o cigarro.

A silhueta se aproxima ainda mais.

Depressa.

Frank Zito surge da escuridão, iluminado por um refletor. Ele cumprimenta a prostituta com ironia e segue em frente, como se estivesse a caminho de outra plataforma de embarque.

O silêncio se impõe de novo como uma mortalha temporária. Pneus cantam. Um ônibus passa pela rua em alta velocidade com os faróis acesos, depois pega uma rampa de saída do terminal e desaparece na escuridão. Uma brisa leve transporta gritos e vozes. A calmaria retorna. A garota se encosta na parede e pega a cigarreira. O brilho da chama de um isqueiro ilumina seu rosto maquiado por um momento. O batom forte e borrado mancha seu queixo.

De repente, barulho de papel amassado, de um corpo pesado sendo arrastado...

À luz fraca, ela vê o contorno de algum tipo de inseto grande deitando nas caixas de papelão amontoadas para a coleta de lixo da manhã. Um sem-teto.

Bem, não o outro.

Mais seco. Mais determinado. Mais incisivo. Ele para um momento na frente de um cartaz. O homem começa a andar de novo. Parece firme e decidido. Não tem nenhuma hesitação em seus movimentos. Ele se aproxima cada vez mais da jovem.

Ela fica surpresa, como que hipnotizada, e derruba a bituca de cigarro...

Sob a luz forte, uma lâmina afiada cintila e projeta raios de luz.

A jovem está prestes a gritar por socorro, quando a lâmina corta seu pescoço da esquerda para a direita.

O grito se transforma em um gorgolejo sangrento. Borrifos de sangue respingam na plataforma e na parede suja e grafitada em que ela estava encostada.

A mulher cai no chão.

A vida a deixou depressa.

A morte havia marcado um encontro.

Chocado por ter cometido tal ato, do qual pensava não ser capaz, ele cambaleia por alguns momentos e recolhe a faca que havia deixado cair.

Está fascinado com o cabelo da moça, que o faz lembrar da mãe. Ele se abaixa e começa a escalpelar a jovem para guardar a lembrança. O corte é desajeitado, os movimentos são hesitantes; ele tem medo de danificar o cabelo, mas consegue concluir a tarefa. Ele pega o cabelo e, enojado com a visão do viscoso crânio aberto e do cérebro exposto, vomita no cadáver.

Diante dos restos mortais e das consequências de seu ato hediondo, ele se abaixa por alguns minutos para chorar. Quando se ama uma mãe como Carmen Zito, é possível profanar uma "prostituta" assim? Ao mesmo tempo, o cabelo dela é tão magnífico, que é impossível resistir. No fundo, sabe muito bem que não é o cabelo da mãe dele, que tudo não passa de uma fantasia mórbida, uma obsessão doentia e perturbadora, mas isso é algo que ele não consegue admitir para si mesmo e prefere ignorar.

Frank Zito tem plena consciência de que cometeu um assassinato e está perplexo por ter enfim conseguido concretizar sua fantasia no mundo real, reproduzindo com perfeição o que sonhava fazer, porque os crimes anteriores o frustraram nesse aspecto.

Ele esconde o troféu na jaqueta e vai até o banheiro do terminal rodoviário para lavar quaisquer marcas suspeitas da faca e das mãos, antes de deixar a cena, desnorteado com o ato que se considerava incapaz de cometer. E feliz em notar, mais uma vez, que ninguém nessa selva urbana, nessa "zona de guerra", como a imprensa costuma chamar, nesse esgoto que ele tanto gosta, prestou a menor atenção nele.

7
A FOTÓGRAFA

Muitos anos depois, a situação passaria por uma mudança drástica. Alguém, por fim, graças a um conjunto de elementos dispersos e um toque de sorte, notará o monstro Frank Zito e prestará atenção nele.

Tudo tem início em um playground infantil em um parque de Manhattan. Um menino e uma menina se balançam, enquanto as duas jovens mães conversam em um banco próximo.

Uma delas vira a cabeça e, com um tom ríspido, chama a menina:
"Denise, cuidado! Não balance tão alto".
Denise diminui a velocidade antes que o menino fale:
"Quer ir dar uma volta de bicicleta?".
Denise começa a recusar:
"Minha mãe me proibiu de sair do parque".
"Ah, vamos!"
Eles descem depressa do balanço e vão pegar as bicicletas em uma viela, onde Denise quase esbarra em Frank Zito, que agarra o guidão.
"Cuidado, garotinha..."

• • •

Um pouco mais adiante, uma bela mulher de trinta e poucos anos e longo cabelo castanho tira uma foto dele. Ao notá-la, ele solta a menina, que sai em sua bicicleta, e começa a seguir a fotógrafa à distância enquanto ela fotografa várias partes do parque com sua câmera.

Quando ela desvia o olhar, Frank se aproxima na surdina da maleta da câmera, se abaixa, fingindo amarrar o cadarço, e examina a etiqueta da maleta: *"Anna d'Antoni. 17th Street, leste, n. 13, N.Y."*.

Em uma fração de segundo, Frank decide que não pode ignorar isso. Aquela mulher tirou uma foto dele contra sua vontade, capturou sua imagem e talvez tenha comprometido seu anonimato...

Frank terá que fazer alguma coisa.

Depois que escurece, Frank perambula pelas ruas. Atordoado. Pele pálida. Ele enfim para diante de uma grande loja de roupas para olhar a vitrine, examinando fascinado os vários manequins. Frank se concentra apenas nas mulheres, nos vestidos e perucas que usam. Os olhos vazios e sintéticos dos manequins refletem os dele, igualmente distantes.

Ele dá atenção especial aos vestidos de noiva, sem dúvida uma reação ao que ele nunca viveu e nunca viverá — amor físico e sentimental —, ou talvez um vestígio direto de sua mãe.

Mais tarde, naquela noite, no Hospital Roosevelt, no número mil da 10th Avenue, duas enfermeiras que concluíram o plantão noturno saem do prédio.

"Podemos te dar uma carona, se quiser", uma delas diz à colega loira.

"Não, obrigada. Estou esperando o Ken, ele vem me buscar. Se ele não vier, eu pego um táxi", a outra responde enquanto atravessam o saguão.

"Você é quem sabe."

A colega de cabelo escuro oferece um jornal.

"Enquanto espera, toma aqui uma coisa para você ler."

"Posso ficar?" Ela pega o periódico. "Ótimo, vou ler meu horóscopo."

"Li hoje à tarde, no intervalo."

Elas saem no ar noturno.

A segunda estremece, tanto de frio quanto pelo que vê no jornal.

"Tenho evitado o noticiário com essa história maluca que está circulando", sussurra para a colega.

"É, esse cara é um lunático."

A outra enfermeira assente.

"Espero que o peguem logo."

"Ah, sim, agora me lembrei! Amanhã, fica de olho no acesso do sr. Gannon. Ele o arrancou de novo na noite passada."

"De novo? Ele passa do limite!"

Ela também estremece.

"Estou com frio." Ela vê um carro se aproximando. "Ah, lá vem o Jerry!"

O carro para ao lado delas e a mulher repete o convite para a colega: "Não quer mesmo uma carona?".

"Não, obrigada. A gente se vê amanhã."

"Boa noite."

Depois de cinco minutos parada na calçada, a enfermeira loira fica impaciente e olha o relógio.

Desdobra o *Daily Tribune*, e a primeira página, uma edição especial, salta aos olhos: "Onda de assassinatos. O maníaco ataca novamente! Duas pessoas são mortas na ponte Verrazzano".

Na calçada do outro lado da rua, escondido à sombra de uma *porte-cochère*, Frank Zito a observa. Ele está vestido com seu traje de caça — jaqueta fechada, gorro preto cobrindo até as orelhas e luvas da mesma cor — e segue a enfermeira quando ela vai embora, com uma pressa súbita de voltar para casa.

A enfermeira joga o jornal amassado na lixeira e começa a andar, segurando as pontas da jaqueta contra o corpo, devido ao frio cortante.

No silêncio da noite, a loira enfim percebe que está sendo seguida. Ela está preocupada, com razão, então acelera o passo e lança olhares furtivos por cima do ombro sem parar. Ela só consegue ver uma figura enorme, indefinida na escuridão, andando atrás dela, a menos de trinta metros de distância.

Ele anda um pouquinho mais rápido, tanto para manter a distância entre eles, quanto para diminuí-la, segundo a segundo. Os passos dele estão quase em uníssono. O som dos sapatos faz eco.

Como não tem nenhum táxi na rua, ela desce correndo a escada da estação de metrô da 59th Street.

Nervosa, a mulher tem dificuldade para encontrar uma moeda para liberar seu acesso à plataforma.

Ela derruba um punhado de moedas, que recolhe o mais depressa possível. De repente, ela vira a cabeça e vê as pernas do homem descendo a escada. Essa visão lhe dá uma injeção de adrenalina.

Enfim, a enfermeira consegue encaixar a moeda na máquina e passa pela catraca. Ela desce em disparada outro lance de escada para chegar à plataforma de embarque. Tem um metrô a esperando, mas, para seu azar, ela não consegue abrir a porta antes de ele seguir viagem. Ela se desespera, perde a paciência em vão e observa o metrô se afastando em direção ao túnel escuro.

Em pânico, ela dá um grito de terror ao ver as pernas do homem na escada, descendo até onde ela está. A enfermeira começa a correr até a outra saída e sobe mais uma vez os degraus da estação — já que não pode sair pelo portão onde entrou — até o banheiro público. Ela escolhe o último reservado, o mais distante da porta e do perigo à espreita. A mulher respira com dificuldade e luta para recuperar o fôlego.

•   •   •

Frank Zito, por sua vez, tem cada vez menos pressa. Ele volta para o andar das catracas, mas não vê ninguém atrás das grades. O instinto predatório de Frank lhe diz que sua presa ainda está por perto, perto demais para sobreviver.

Com um andar despreocupado, ele se dirige até o único local onde ela pode estar, sem dúvida acreditando — erroneamente — que estaria segura.

A enfermeira luta. Contra o medo, contra o menor barulho que possa produzir e também contra o tempo. Ela apoia as mãos nas paredes do reservado e fica de olho. Ela escuta quando a porta do banheiro é aberta, e sabe que o homem deve ter entrado, que ele deve estar batendo no azulejo quadriculado marrom e branco, verificando cada um dos reservados. O medo parece um cachorro raivoso mordendo sua panturrilha, e então percebe a respiração ruidosa do homem se aproximando aos poucos.

Ela vai conseguir. Ela é capaz de sair daqui em segurança, se for forte o bastante. Bem quietinha. Se prender a respiração por tempo suficiente.

Depois de um intervalo terrível, ela pensa ter ouvido passos se afastando e a porta do banheiro batendo. E se ele tivesse ido embora?

Ela enfim se permite respirar fundo e, hesitante, coloca a cabeça pela fresta da porta.

Ninguém...

E se ele tivesse ido embora de uma vez por todas?

A enfermeira pensa que está segura e, aliviada, sai do reservado. Ela anda muito devagar, sempre atenta, com todos os sentidos em alerta. Quando já se encontra na saída, ela desaba.

A mulher ri de nervoso, soluçando sucessivamente, e passa a acreditar em uma armadilha de sua própria mente criada pelo noticiário e pela paranoia urbana comum. Ela se xinga e ao mesmo tempo não consegue deixar de sentir uma sensação de alívio profundo. Ao espiar seu reflexo no espelho da pia, desgrenhado e suado, ela decide fazer uma pausa para lavar o rosto com água fria e remover o suor.

Quando se levanta, a enfermeira fica chocada com seu erro. O homem está atrás dela. Suas feições emergem na luz. O rosto dele é marcado por cicatrizes. Os olhos são atormentados. E sua faca, com uma lâmina longa, fina e brilhante, a espeta logo abaixo da escápula direita.

"É disso que você gosta, não é?"

Frank Zito fala com ela.

"Hein? É disso que você gosta?"

O sangue se espalha pela blusa branca, e, com um grito de surpresa, ela morre no mesmo instante. Não tem tempo nem para sofrer. A enfermeira cai no chão, e Frank permanece em silêncio por um longo momento, atordoado pelo ato que acabou de cometer.

Embora matar seja uma fantasia a que se entrega com regularidade, ele ainda se choca com suas atitudes assassinas, que o mergulham em um tipo de catatonia da qual tem dificuldade para se recuperar.

Quando Frank enfim consegue se libertar, ele abre a torneira de água fria e, de forma mecânica, lava a lâmina ensanguentada na pia.

Novamente em casa, Frank Zito conversa com suas "pensionistas". Ele veste um roupão azul real com um lenço de bolso na mesma cor, e óculos escuros.

Ele assume um tom artificial, com a pretensão de ser aristocrático, enquanto ainda limpa os vestígios de sangue das roupas.

"Tudo bem, tudo bem, agora está tudo certo..."

A imagem é grotesca e assustadora. Um retrato perfeito de sua loucura.

"É só um pequeno inconveniente — só um pouquinho de sangue, afinal. Será limpo. É só ter cuidado."

Então ele repreende um dos manequins, cujo cabelo está pegajoso do líquido viscoso.

"Sangue no cabelo..."

Frank zomba da boneca.

"Sério, você está virando uma vagabunda com esse sangue todo no cabelo..."

Ele aproveita para fincar um prego no topo de cabeça do manequim, para prender o couro cabeludo da enfermeira loira.

"O que as pessoas vão dizer? O que vão dizer de você?"

Depois de fixar o prego, Frank pega a escova e penteia o cabelo do manequim.

"Você quer ficar bonita, não é?"

Ele penteia com cuidado.

"Não negue."

Então ele se embrandece.

"Você quer ficar bonita para mim?"

A mão dele acaricia o couro cabeludo, afetuoso.

"Você é tão linda..."

Mais tarde, ele desdobra o jornal e examina a primeira página do *Daily Tribune*. A manchete salta diante de seus olhos:

"Maníaco mutila enfermeira. Cidade em pânico".

Frank tem dificuldade para relacionar as manchetes aos atos que pode ter cometido. Ele é o perpetrador, ou está tendo um pesadelo? Também pode ser um jeito de ele se livrar da responsabilidade. Tem sido difícil colocar as coisas em perspectiva.

Ele abre o jornal e folheia as várias matérias sobre os crimes do maníaco.

A entrevista com um psiquiatra desperta seu interesse. O médico opina sobre a personalidade do criminoso e o que o leva a cometer os crimes:

"A loucura não possui características físicas que possam nos ajudar a identificar um suspeito. Características físicas podem ser indicativas de apenas certas categorias de loucura, como o chamado tipo pícnico para designar um indivíduo parrudo, corpulento, com um rosto redondo e abdômen proeminente, que pode ser associado à psicose maníaco-depressiva. Na depressão severa, alguns pacientes parecem abatidos, de cabeça baixa em desespero. Esquizofrênicos de um determinado tipo são frágeis e ascéticos. E, no entanto, todas essas características podem estar ausentes, e, com frequência, estão. Acho que seria mais produtivo examinar a possibilidade de um motivo.

"Que motivo pode ser esse? Examinamos tudo com muita atenção. Parece que não há nenhum. As circunstâncias indicam que estamos lidando com um completo louco. Quando digo 'motivo', me refiro a um motivo de loucura. Ou lógica, se preferir.

"Psicóticos têm lógica ou regras internas próprias. Quando um psicótico mata, nunca é um impulso repentino, mesmo que pareça ser, inclusive para ele. Na verdade, ele mata por um motivo, um raciocínio distorcido que costuma remeter à infância.

"Muitas fantasias psicóticas são sexuais ou religiosas, muitas vezes uma mistura das duas coisas. Há inúmeros casos em que o assassino alega ter ouvido a voz de Deus o guiando. Na verdade, era a voz do pai dele como Deus. O motivo do crime é uma culpa ou frustração reprimida que vai levar à cristalização do ato. Em outras situações, a influência da mãe é um fator crucial.

"Temos o exemplo desse assassinato em Nova York em 1939, em que um rapaz mata uma mulher idosa por nenhuma razão aparente, mas uma análise estabelece que ele mata essa mulher, que é uma completa desconhecida para ele, porque ela o lembra de sua mãe. Um exemplo clássico da síndrome do amor-ódio. Um exame mais profundo revela que a mãe dele era maníaco-depressiva. Quando era mais nova, ela demonstrava tanto afeto quanto indiferença pelo menino. A confusão resultante é reprimida. Quando explode, o rapaz tem 24 anos e decide seguir o caminho da lógica insana de um psicopata. Ele não pode matar a mãe, porque sente por ela uma mistura de amor e ódio, mas também porque escolhe uma substituta, alguém que a evoca aos olhos dele.

"Infelizmente, não posso ajudar muito. Só posso dizer que esses assassinatos são motivados por ódio. Você viu o que ele fez com os corpos. O que estou dizendo — garantindo até — é que ele teve uma infância traumática, provavelmente com alguma forma de insanidade ou fraqueza de caráter na história familiar; mas, obviamente, é impossível verificarmos esse fato.

"O álcool pode ter interferido? Pode ter, embora psicóticos não precisem do estímulo do álcool para sentir necessidade de matar. Tudo está na cabeça deles. Mas poderia ser um facilitador do ato."

8

O ENCONTRO

Em seu estúdio fotográfico na 17th Street, inundado em luz vermelha, Anna d'Antoni está revelando as fotos que tirou no parque, incluindo a foto de Frank Zito em frente a Denise, a garotinha que andava de bicicleta, quando ouve a campainha tocar.

"Já vou!"

Ela limpa as mãos em um pano de prato conforme anda pela espaçosa sala de estar do apartamento. Anna veste uma blusa vermelha elegante e uma calça de couro combinando.

Por fim, ela para em frente à porta e pergunta, curiosa:

"Quem é?".

Uma voz anasalada lhe responde:

"Meu nome é Frank Zito. Você tirou uma foto minha no parque".

Anna mergulha em suas memórias por alguns instantes, depois assente enquanto vira a fechadura.

"Um segundinho!"

Frank aparece na fresta da porta, vestindo uma jaqueta bege-clara e camisa social vermelha com gola pontuda, cuja cor é muito parecida com a de Anna. Muito mais bem-arrumado do que o normal. Ele penteou o cabelo com cuidado e colocou óculos grossos.

"Que coincidência!" A jovem o observa, surpresa. "Estava olhando justamente para aquela foto. A foto de você e..."

"Ah, sim, que coisa incrível!", ele a interrompe. Sua voz é confiante, quase charmosa. "Queria falar com você sobre ela, na verdade. Posso ver?"

"Sim, é claro."

Entusiasmada, ela o convida para entrar.

Mais tarde, Anna serve uma xícara de café para o visitante, enquanto ele contempla a decoração, sentado no sofá no fundo do estúdio. As paredes estão cobertas por fotos que Anna tirou de mulheres. Frank examina uma a uma com grande atenção. Quase todas são mulheres jovens, a maioria modelos muito belas, com exceção de uma pessoa muito mais velha.

"Por que todas as suas modelos são mulheres?", Frank dispara com frieza, então se vira para Anna e olha nos olhos dela. "Não tem nenhum homem."

A fotógrafa não se abala.

"Eu me interesso muito mais por mulheres por ser uma." Ela sorri para o visitante. "As que está vendo fazem parte da minha quarta série de retratos, que se chama 'Mulheres 4'. Eu sei, não é um nome muito original."

Ele sorri em resposta.

"O título não tem importância."

"De fato."

"Vai ficar com todas elas?"

Anna retruca:

"Espero vendê-las".

"Não", Frank responde com uma calma desconcertante. "Se fosse você, as guardaria para sempre!"

"Por quê? Meu trabalho é vender fotos, não é só arte."

"Mas por que você mostra as mulheres dessa forma?"

"Bem...", Anna pensa por um momento. "Quero mostrar a beleza delas."

"Você tenta mostrar a melhor versão delas."

A fotógrafa concorda.

"Quero que elas sejam radiantes."

"Acho que, acima de tudo, quer preservar a beleza delas. Você não cria a beleza, ela já está dentro de todas essas mulheres", concluiu Zito.

"Frank, eu sou fotógrafa", ela parece um pouco exasperada. "Esse é meu trabalho, meu sustento. Acredite, sei o que estou fazendo, certo?"

"Certo."

Ele não desiste:

"Mas, para mim, as coisas mudam, evoluem, as pessoas morrem. Em uma pintura, em uma foto, elas são suas para sempre".

"É impossível, Frank, você não pode ter uma pessoa para sempre. Nem mesmo em uma fotografia."

Para tentar convencê-la, Frank aponta para o retrato da mulher mais velha.

"Bem, quando olho para essa foto de uma mulher velha... ela deve ter sido irmã, esposa ou mãe de alguém."

Ele se levanta para estudar a fotografia mais de perto.

"Quando tiraram seu retrato, ela estava como o fotógrafo queria. *Ad vitam aeternam*. Para sempre e sempre. Ela nunca mais vai envelhecer, nunca vai morrer."

"Frank, pensando nas perguntas que está fazendo, fiquei curiosa. Qual é o seu trabalho?", Anna questionou, visivelmente intrigada.

"Sou pintor", ele diz sem pestanejar. "Pinto quadros abstratos, naturezas-mortas, paisagens, esse tipo de coisa..."

"Adoraria ver sua obra."

"É mesmo?"

"Sim, gostaria muito."

"Vamos fazer isso algum dia, prometo."

Aproveitando a deixa, ele toma a iniciativa:

"Enquanto isso, conheço um lugar em New Jersey chamado The Clam Casino, um restaurante italiano. Gostaria de jantar lá?".

A jovem deixa um silêncio cheio de ambiguidade se instalar, mas o entusiasmo ilumina seus olhos azuis-esverdeados.

"Isso é um convite, Frank?"

"Parece que sim, não é?"

Ele ri.

Anna concorda:

"Foi o que pensei. Eu adoraria!". Por dentro, ele está exultante. "Preciso de cinco minutos, Frank, e então sou toda sua."

"Ótimo!"

Anna desaparece.

Enquanto ela se arruma, Frank aproveita para examinar as fotos de novo, uma a uma, com o olhar penetrante.

Mais tarde, eles estão sentados no The Clam Casino. O espaço é bem intimista, com uma decoração sóbria e alguns toques italianos.

Descontraída, Anna corta um pedaço da sobremesa de Frank com seu próprio garfo. Ele a elogia:

"Depois da minha mãe, você é a mulher mais bonita que já conheci".

Ela olha para baixo, envergonhada.

"Obrigada!"

O garçom serve café para os dois e sai sem dizer uma palavra.

"Tem uma foto dela?"

"Tenho."

Frank leva a mão ao bolso da jaqueta e entrega a foto.

"Aí está, quando ela era jovem."

Anna observa o retrato amarelado.

"Onde ela mora?"

"Morávamos no Queens, mas ela morreu em um acidente de carro quando eu ainda era muito novo."

"Sinto muito. Ela era muito bonita mesmo. Que pena..."

A fotógrafa devolve a foto e muda abruptamente de assunto.

"Escute, Frank, uma das minhas modelos, Rita, vai ao estúdio por volta das nove da noite para uma sessão. Tenho um trabalho para terminar, e ela aceitou posar sem cobrar hora extra."

"Entendi o recado", ele fala enquanto termina de comer a sobremesa. "Em outras palavras, vamos embora..."

"Isso, vamos."

"Desde que eu possa te ver de novo..."

"É claro que pode!"

"Ótimo, ótimo."

"Amanhã à noite, se puder?"

Frank finge estar pensando.

"Vamos ver, será que posso? Brincadeira, seria perfeito. Mas você vai ter mil coisas para fazer, e sei que algum imprevisto surgirá..."

"Talvez sim, talvez não." Uma pausa. "De qualquer maneira, vejo você na quinta-feira, no vernissage da minha exposição."

"Pode apostar!"

"Vai estar lá?"

"Sim, é claro", ele brinca. "Eu e mais cinco milhões de caras!"

Anna se recosta na cadeira.

"Frank, você parece zangado."

"Não, de jeito nenhum."

"Bom, porque seria idiotice."

"É, seria."

"O sr. Steiner organizou tudo. Vai ser uma festança. Ele convidou a nata do mundo das artes. Pode ser muito importante para mim."

"Entendo, e desejo toda sorte a você."

"É muita gentileza, obrigada." Anna parece aliviada. "Eu estava torcendo que entendesse."

"Eu tenho escolha?"

Ela também finge estar pensando.

"Para dizer a verdade, não."

"Foi o que eu pensei."

O jantar, que fora maravilhoso, termina com um tom um pouco mais melancólico.

•   •   •

No estúdio da 17th Street, na frente de um fundo branco iluminado por holofotes, três modelos dançam ao som da música enquanto Anna as fotografa.

"Maravilha!"

Ela está muito concentrada, variando os ângulos constantemente para capturar a beleza das três mulheres.

"Isso! Maravilha!" Anna as orienta sem rodeios. "Agora mais próximas! Assim, sorriam!"

Observando a sessão, uma figura surge atrás da fotógrafa.

"Sorriam! É isso aí!"

Frank Zito se aproxima em silêncio com uma grande caixa de papelão nas mãos.

Anna não nota a sua presença e continua:

"Vamos lá, umedeçam os lábios!".

Ele fica plantado como um monólito, imóvel em meio à efervescência do ambiente, e acaba indo se acomodar no sofá, no fundo da sala.

O diretor de arte, um homem de barba, olha para as imagens antes de levantar para desligar a música. Ele veste uma jaqueta cinza e um suéter de gola alta.

"Não, não é isso." Ele chama Anna. "Precisamos parar. Olha o vestido da Jenny! E o rosto! Quem fez a maquiagem dela?"

"Ela mesma fez."

"Precisamos fazer alguma coisa! Está tudo errado!"

"Não está gostando?"

A fotógrafa suspira.

"Ok, meninas, vamos fazer um intervalo." Ela se vira para uma das modelos; uma mulher de cabelo castanho-claro. "Rita, a joia está brilhando demais no holofote. É melhor tirar..."

"Ah, foi presente da minha mãe!"

"Eu sei, mas vai ter que tirar!"

A modelo obedece e se afasta.

Então Anna dá meia-volta e encontra Zito sentado no sofá, com uma grande caixa branca de papelão em cima dos joelhos.

"Frank, que bom te ver de novo!"

Ela se junta a ele. Com um salto, Frank se levanta e Anna aperta sua mão.

"Eu queria passar por aqui", diz ele. "Espero não estar atrapalhando muito."

"Nem um pouco, nem um pouco!" Ela parece feliz de verdade. "Pelo contrário, fico muito feliz."

Contente, ele lhe entrega a caixa.

"Trouxe um presentinho para você."

"Obrigada, Frank. Sente-se, sente-se!"

Os dois se acomodam no sofá. Com impaciência, Anna ergue a tampa da caixa, fechada com um lindo laço verde, enquanto Frank olha ao redor, visivelmente fascinado.

"O que acha da sessão?"

"Fabulosa!"

Dentro da caixa, Anna encontra um urso de pelúcia marrom com uma fita rosa no pescoço. Encantada com a fofura do presente, ela dá um beijo no nariz do ursinho.

"Adorei! É muito bonito."

E se inclina para beijar a bochecha barbeada do assassino.

"Muito obrigada!"

Frank, perturbado e encantado, leva a mão ao local onde os lábios de Anna encostaram.

"Aliás, essa é Rita", a fotógrafa continua. "De quem lhe falei no outro dia." Ela acena para a modelo. "Rita, vem cá!"

A jovem de cabelo longo e castanho-claro se aproxima.

"Aquela da foto, lembra?"

"Sim, é claro que sim." Frank levanta de novo, o sorriso encantador de volta ao rosto. "Você é ainda mais bonita ao vivo, mais que na foto", ele elogia enquanto aperta sua mão. "E tenho certeza que..."

Mas o diretor de arte aparece, interrompendo Frank.

"Tenho certeza de que vocês dois têm muito o que conversar, mas as modelos custam cem paus por hora!", o cara as apressa. "Vamos retomar a sessão."

"Tudo bem, sem problema."

Ele põe a música mais uma vez.

Anna se dirige a Frank:

"Frank, pode ficar se quiser. E obrigada de novo pelo urso de pelúcia".

Ela lhe entrega o presente e vai embora, deslizando a mão pelo ombro, escápula e costas de Rita, com um gesto lascivo. Rita retribui com um beijo no pescoço da fotógrafa.

Uma mentira.

Frank, de repente com as feições congeladas e a respiração ofegante, como um sussurro, não deixa nenhum detalhe daquela interação passar batido.

Uma mentira.

Uma traição.

Anna continua de onde parou.

"Vamos lá, meninas!" Os olhos dela reencontram a lente. "Braços levantados e mantenham o ritmo."

As três modelos dançam na frente dela, fazendo uma série de poses.

Anna comemora:

"Fantástico. Balancem um pouco!".

Desapontado por não ser mais o centro das atenções, Frank sente algo novo surgindo dentro de si.

Ódio.

É o ódio que tensiona seu rosto.

O diretor de arte percebe a expressão contrariada de Frank, mas fica em silêncio.

Frank põe a pelúcia na caixa e deixa em cima do sofá. Suspira.

Ódio.

Vingança.

Frank procura uma forma de satisfazer essa sede.

Com a música estridente, Anna não percebe o desconforto de Frank, que, depois de esquadrinhar a sala, olha fixamente para a mesinha de centro diante dele. Para o colar que está ali.

"Rita, a joia está brilhando demais no holofote. É melhor tirar..."

"Ah, foi presente da minha mãe!"

"Eu sei, mas vai ter que tirar!"

É evidente na mente de Frank.

"Mão no quadril, assim mesmo. Muito bom! O mais importante é manter o ritmo!"

Anna dispara a câmera.

Enquanto isso, Frank Zito se levanta, embolsa o colar de Rita e sai do estúdio sem dizer uma palavra a ninguém.

Ele caminha pela noite escura na 17th Street, entra em seu carro e volta para casa. Ele fica sentado no interior do veículo durante alguns minutos e bate no volante com cada vez mais força, até que, depois de um tempo, está literalmente gritando de dor.

Frank se desfaz em lágrimas, e demora um pouco para se recompor e respirar normalmente. Já consegue se ver matando sua nova vítima. E ele imagina muito bem quem seja.

Ele sabe que esse é o único jeito de recuperar a serenidade por completo.

O silêncio domina o carro.

Mais calmo, ele enfim liga a ignição e retoma o caminho para casa.

9
RITA

No dia seguinte, Rita sai de um supermercado 24 horas e, com uma sacola de compras na mão, volta para casa, depois de ter aberto a caixa de correio para pegar a correspondência.

O apartamento luxuoso de Rita foi construído sob o nível das áreas comuns. Uma escada com quatro degraus de parquete separa a porta da frente do hall, realçando a opulência sofisticada do local.

A modelo abre a correspondência, passa pelo espelho grande no corredor e coloca os envelopes na mesa. Ela fica com uma revista de moda, que começa a folhear distraidamente, enquanto anda em direção ao quarto.

Ela abre o guarda-roupa e escolhe um roupão antes de se despir. No banheiro, abre a torneira para encher a banheira e preparar um banho de espuma, para relaxar o corpo e a mente após um longo ensaio fotográfico.

Então prende o longo cabelo castanho e remove a maquiagem na frente do espelho.

A campainha toca.

Apesar de relutante, Rita deixa a privacidade do banheiro e retorna à luz implacável do corredor.

• • •

Lá fora, dedos grossos apertam a campainha. Esta mão já cometeu inúmeros atos abomináveis no passado, e, essa noite, está prestes a cometê-los outra vez.

Rita se dirige à porta da frente.

"Estou indo."

Ela sobe os quatros degraus, e pergunta:

"Quem é?".

"Frank, amigo da Anna."

A voz está abafada. Rita não tem certeza se a reconhece, mas destranca a porta. Contudo, abre só uma frestinha, e vê o rosto de Frank Zito pela abertura.

Ele tem o cuidado de tirar o chapéu para que Rita possa reconhecê-lo.

"Você perdeu isto", ele diz, mostrando o colar que foi presente da mãe dela.

Um sorriso surge nos traços delicados da jovem. Ela está feliz e aliviada, pensou mesmo que tinha perdido aquela joia de família que lhe é tão cara.

"Onde o encontrou?"

"No estúdio." O olhar experiente de Frank examina o apartamento em poucos segundos. "Achei que devia trazer para você."

Rita se afasta da porta, um pouco mais receptiva.

"Foi muita bondade sua."

No entanto, ela ainda deixa Frank parado na porta.

Rita lembra da torneira aberta da banheira. Ela não pode demorar muito.

Sem que Rita perceba, ele pressiona o trinco com um dedo para que consiga abrir a porta com mais facilidade depois que ela for fechada.

"Muito obrigada", conclui Rita, sem dizer mais nada.

Frank compreende a deixa para ir embora.

"A gente se vê, então." Ele coloca o chapéu de novo. "Boa noite."

A modelo retribui o cumprimento quando ele sai da entrada do apartamento.

No banheiro, Rita fecha a torneira pouco antes de a água transbordar, tira o roupão e entra na banheira cheia de espuma. Ela deixa que a água quente cubra seu corpo e afunde o cansaço.

A modelo fecha os olhos. Desfruta da calma. O silêncio da sala, perturbado apenas pelo rugido da tempestade lá fora.

Ela começa a se ensaboar, alheia a tudo: trabalho, ensaios longos e obrigações, todo o mundo exterior. Nas profundezas de seu casulo aquático, tão tenro e confortável, Rita se sente protegida das mínimas dificuldades. Entretanto, ela não está protegida das dificuldades que escolhem o futuro muito próximo para reaparecerem...

O perigo espreita e rasteja, se esgueira pela porta destrancada, entra em silêncio no hall, desce os quatro degraus de madeira sem fazer barulho no parquete. A fria e odiosa Morte se convida a adentrar esses lugares.

Frank Zito está de volta.

Mais tarde, a tempestade lá fora ressoa.

Rita saiu do banheiro para fazer café. Ela volta pelo corredor com uma xícara quente na mão.

Frank, que está usando uma balaclava, sai de trás de uma porta e a agarra.

O tempo se arrasta.

Os pensamentos da modelo estão acelerados. No entanto, ela não tem muita oportunidade de pensar no que está acontecendo, porque em pouco menos de três segundos, sua cabeça atinge o chão com um baque surdo e Rita desmaia.

Um pouco mais tarde, Frank olha seu reflexo no espelho enquanto, ao fundo, Rita está amordaçada, deitada na própria cama.

"Por que está fazendo isso? Por que está agindo assim?"

Ela está em choque, coberta de hematomas, mas viva. Os braços cruzados estão presos à cabeceira da cama.

Frank grita:

"Não minta para mim!". O ódio devora seu rosto. "Não me diga que não sabe!"

Ele não está falando com Rita. Na verdade, é uma espécie de fantasia que dança sem parar diante de seus olhos, cegando Frank para o resto.

"Seu cabelo está diferente. Você está diferente, mas não me engana", ele garante a Rita. "Sei que é você."

Ele se aproxima da cama para sentar ao lado de Rita.

"Não quero te machucar." A voz dele está quase trêmula. "Só quero conversar com você, ok?"

Ela assente.

"Vou tirar a mordaça, mas não pode gritar, está bem? Promete?"

Rita assente de novo. Ela sabe que está à mercê de um louco, então decide manter a cabeça baixa, deixar que ele fale e pensar em uma saída.

Frank solta a mordaça.

"Isso, assim é melhor, não é?" O tom dele se abranda. "Pode confiar em mim." A falsa gentileza o torna ainda mais perigoso e assustador. "De verdade. Não tem motivo para fugir."

Rita o encara enquanto ele divaga:

"Estamos juntos de novo. Você nunca mais vai me deixar. Nunca mais!".

A modelo respira em arquejos, se esforçando para não deixar que o medo a domine.

Frank insiste:

"Foi um erro querer me machucar". Ele soluça. "Você me deixou sozinho na última vez, e eu fiquei com muito medo." Seu coração está acelerado. "Fiquei com medo, com medo de verdade. Estava sozinho, trancado no armário. Você não percebeu nada? Não, você me ignorou..." Ele fica exaltado. "Apenas não sabia. Tive medo que não voltasse. Mas não vou chorar agora. Sempre soube que um dia você voltaria. Você voltou, e eu te encontrei. Eu sabia que voltaria." Apesar de todos os seus esforços, Rita sente o medo crescendo e tomando conta dela. "Você agora é minha. Só minha e de mais ninguém. Não precisava daqueles outros homens que não te amavam. Mas eu amava. Amava e precisava de você. Havia tantos homens diferentes."

Ele monta sobre o corpo dela.

"Eu nunca quis te machucar."

Tira o canivete do bolso e, com um movimento brusco, abre a lâmina.

Rita arregala os olhos. Se ela não tentar fazer alguma coisa nos próximos segundos, ela sabe que a situação vai ultrapassar o limite. Ela mexe os pulsos, tenta afrouxar as amarras, mas é em vão. Rita está presa.

"Eu nunca quis te machucar", Frank Zito está à beira das lágrimas. "Nunca quis te machucar..." Ele tem uma expressão estranhamente infantil. Doentia. "Mas com todos aqueles homens..."

Ele desliza a lâmina pelo peito de Rita. O metal frio formiga em sua pele e provoca arrepios na espinha.

"Havia muitos homens." Zito repete a ladainha. "Por que, hein? Pelo dinheiro que te davam? Por todos aqueles dólares? Mas eles não te amavam! Eu te amava." Ele fica irritado. "Só eu!"

"Não me mate, eu imploro!", Rita enfim fala. "Por favor, não me mate."

Ela quer que Frank sinta pena dela, que se renda às súplicas que não ouve.

"Não vou te matar!"

O olhar de seu algoz congela. Ao tentar argumentar de forma racional com Frank, ela cometeu um erro fatal.

Ele a amordaça de novo, e anuncia:

"Vou te manter comigo para sempre, você nunca vai partir!".

A essência da loucura de Frank está contida nessa simples frase. É o resumo de sua insanidade.

"Só vou ficar com você..."

Depois enfia a faca no peito de Rita, de onde o sangue jorra.

Frank emite um longo gemido, como um orgasmo, e se deita em cima dela.

"Mamãe... mamãe... mamãe..."

O assassino soluça e desata a chorar enquanto sua vítima agoniza. O sangue encharca a camisola dela, os lençóis e o até o colchão. Depois de um tempo, ele se endireita e sussurra seu apelo no ouvido dela:

"Esta noite, não".

Seu mantra.

"Você não vai sair esta noite. Esta noite, você vai ficar em casa. Comigo e só comigo."

Ele tira um estilete do bolso então começa a escalpelar o corpo. Abre a pele ao redor da testa com um único movimento contínuo.

Seus movimentos são muito mais confiantes que no começo da odisseia assassina, quinze anos atrás. Hoje ele tem experiência e método. Ele não vai ser curado. Nunca conseguirá ter a mãe perto de si para sempre, mas, enquanto isso, repete seus sucessivos fracassos com muito mais conhecimento.

De volta em casa, ele se senta na cama, com um cigarro na mão, e contempla o manequim ensanguentado. Depois de um tempo, acende cada uma das velas que cercam o retrato da mãe, Carmen Zito.

A fase delirante ainda não chegou ao fim. Nem o assassinato de Rita, nem a vingança contra aquela que julgava próxima demais de Anna d'Antoni, a fotógrafa, o acalmaram, pelo menos naquela noite.

Ele afunda cada vez mais na lama de sua mente torturada, em meandros cada vez mais obscuros. Ele se dirige a outro boneco, que representa um garotinho.

"Quando a mamãe fala para se esconder no armário, você tem que fazer o que ela diz..."

Ele fala com o boneco como se tentasse avisá-lo, ou livrá-lo de um risco potencial.

"Ou sabe o que vai acontecer."

Quase sem querer, ele aproxima o cigarro do boneco e queima seu peito. Ao fazer isso, Frank Zito está apenas reproduzindo o que ele mesmo vivenciou durante a infância. Ele revive seu trama repetidas vezes.

• • •

A noite se arrasta, sem fim.

De roupão, ele senta em uma poltrona e brinca com uma pistola de brinquedo movida a pilha — talvez reminiscente do brinquedo que ele tinha aos 8 anos, a réplica bacana da marca Roy Rogers, que homenageia o famoso ator de faroeste.

Ele puxa o gatilho com movimentos frenéticos, matando uma horda imaginária de indígenas.

Ele dá corda em uma caixa de música, examinando as miniaturas de chalé e de uma árvore de Natal no interior; com o olhar perdido, ocupado por lembranças que só ele conhece, sem dúvida relacionadas ao período natalino, quando sua mãe morreu.

O único objeto que parece lhe trazer algum conforto é outra pistola de brinquedo. Uma arma de pressão que ele usa para disparar contra um alvo, enquanto a melodia esganiçada da caixa de música ainda ressoa nos ouvidos.

10
O ÚLTIMO ENCONTRO

Alguns dias depois, antes da véspera de Natal, Frank telefona de um orelhão para Anna.

A fotógrafa, que está revelando uma fotografia no quarto escuro, atende no terceiro toque.

"Alô, é o Frank. Vamos sair hoje à noite?"

Entusiasmada, ela aceita.

"É, boa ideia."

"Você consegue se arrumar em quinze minutos?"

"Só preciso de dez."

"Ok. Eu estaciono na frente do seu prédio."

"Até já."

O homem desliga, impassível, e então volta a se sentar ao volante.

Frank Zito estaciona em fila dupla na frente do prédio luxuoso da fotógrafa, que já está o esperando.

Anna entra no carro, vestida com um grosso sobretudo e um chapéu vermelho.

Eles partem.

Depois de um tempo, ela lhe oferece um sorriso caloroso e o beija no rosto.

"Por que o beijo?", pergunta Frank, um pouco surpreso.

"Para agradecer a coroa de flores que mandou para Rita..." Visivelmente emocionada, Anna desvia o olhar, encarando um ponto adiante na estrada, enquanto volta a falar: "E por ter ido ao funeral. Rita não tinha muitos amigos...". Ela faz uma pausa. "Fiquei bastante emocionada."

"Não foi nada, acredite. Era o mínimo que eu podia fazer."

Frank encerra a conversa, sentindo-se desconfortável, e muda rapidamente de assunto.

"Escute, se não se importa, queria passar no cemitério para visitar o túmulo de minha mãe. Tenho uma coroa no porta-malas para ela. É para o Natal, sabe como é. Ela morreu nesse dia, uma data festiva para todos, menos para mim. Podemos ir antes do jantar, se não se incomodar."

Ele espera pela reação da fotógrafa.

"É claro, podemos ir", responde Anna.

Zito sorri com sinceridade. E, com a voz emocionada, ele agradece.

Assim que estacionam na frente do cemitério, eles andam depressa por causa do ar gelado e da atmosfera sombria.

A noite, e uma névoa congelante, caíram. O que tornou o silêncio do lugar ainda mais pesado.

Andam pelos corredores, passam por criptas e chegam a uma lápide que diz:

"Carmen Zito — Amada Mãe — Morreu em 25 de dezembro — Descanse em paz".

O filho coloca a coroa de flores sobre o túmulo. Ele se ajoelha, começa a rezar e logo é tomado pela confusão, tristeza e, por fim, lágrimas.

"Frank!" Anna toca o ombro dele. "O que foi?"

Frank apoia a cabeça na dela. Literalmente afogado em tristeza.

"Estou com uma dor de cabeça horrível, acho que meu crânio vai explodir!", ele geme.

Ela o abraça, em um gesto maternal instintivo.

"Por favor...", ela tenta consolá-lo. "O tempo passou, sabe."

"Rita sabia...", Frank deixa escapar quase contra sua vontade. "Ela sabia."

"Como assim, ela sabia?"

De repente, há uma mudança na expressão de Anna. Ela acha que ouviu errado.

"Não entendi..."

"Rita sabia", Frank repete, a voz soluçante. Tomado pela emoção. "Agora, ela é minha para sempre."

"Do que está falando, Frank?"

Anna olha para ele, incrédula. Diante do túmulo da mãe, na véspera do aniversário de sua morte, a mente frágil do assassino psicótico colapsou.

"Estou ficando preocupada com você."

"Rita sabia. Rita sabia. Rita sabia."

A voz de Frank fica mais alta quando ele agarra a jovem atordoada pelo pescoço.

"Frank, o que está acontecendo com você?" Seu amigo, inofensivo até então, se torna violento de repente.

"Sou eu, Anna!"

Ela se debate enquanto Frank aumenta a pressão em sua garganta. Ela consegue escapar dos braços dele no último minuto, e corre a toda velocidade pelas alamedas do cemitério.

O assassino a persegue, mas Anna d'Antoni, mais jovem e mais magra, se distancia e corre em zigue-zague entre as criptas.

Frank corre de forma errática. Ele nunca precisou perseguir nenhuma de suas vítimas. Sempre tivera a seu favor o elemento surpresa, a aglomeração dos lugares fechados e seu peso. Ele é pesado. As pernas não aguentam muito, nem seu coração. Depois de apenas dois minutos, Frank já está sem fôlego.

Os lamentos dele rompem o silêncio.

Seus olhos selvagens perscrutam os lugares vazios e cobertos de névoa. Vagando. Ele nunca conheceu nada além disso durante toda a vida. A errância perpétua na tentativa de preencher um vazio infinito, uma perda intransponível.

Perto de uma estela dedicada à Virgem Maria, Frank Zito para. Ele a perdeu de vista havia um tempo.

Frank olha em volta e tenta recuperar o fôlego. De repente, Anna aparece e bate em seu braço direito com a extremidade de uma pá, rasgando a jaqueta e fazendo-o sangrar. Ele cai no chão.

Sem esperar para ver as consequências daquele ato, Anna sai dali o mais rápido possível. Ele se levanta com dificuldade, cambaleia e clama:

"Mamãe!".

E chora muito quando uma voz do além-túmulo responde:

"Frank! É a mamãe!". Uma voz cruel e inquisitiva. "É a mamãe, e mamãe vai te castigar!"

O filho responde, aterrorizado.

"No armário, não, mãe", ele suplica. "Eu imploro! Prometo que vou ser bom!"

"Mamãe tem que te castigar!"

"Por favor, no armário, não!"

"Frank, você foi malcriado!"

"Por favor, mamãe! No armá..."

"Sabe que a mamãe te ama..."

"Por favor, mamãe! Eu vou ser bom!" Ele repete. "Prometo, juro!"

"Frank, mamãe tem que te castigar! Você foi muito malcriado de novo!"

O diálogo surreal contribuiu com o clima de pesadelo. A cena virou de cabeça para baixo, virou um terror.

Ele retorna pelo caminho que havia percorrido para se desmanchar em lágrimas diante da lápide de Carmen Zito. Frank balança para a frente e para trás.

"Mãe..."

Um clarão.

De repente, dois braços emergem do chão e mãos em decomposição o agarram pelo pescoço. Frank grita. Um rosto descarnado, cheio de vermes e larvas, o encara.

Carmen, sua mamãezinha querida, enfim voltou dos mortos? Ou é o fantasma de uma de suas vítimas?

Os gritos de Frank rasgam sua garganta. Sua loucura é viva, palpável, está se materializando no mundo real, e ele está completamente imerso nela.

O homem deixa escapar um longo gemido. Os olhos de Frank se fecham por um instante, depois se abrem diante do túmulo intocado em sua frente.

Não há mais mortos-vivos...

Não há mais braços descarnados e vingativos...

Ele continua a soluçar.

Ele se deita e choraminga, antes de levantar com dificuldade, voltar para o carro e dirigir até sua casa. A dor ainda é intensa, e seu braço direito, onde Anna o bateu, sangra muito.

11
CARA A CARA

Ele dá duas voltas na chave quando tranca a porta e tira a jaqueta ensanguentada. Ao se deitar na cama, Franka começa a sentir algum tipo de presença estranha no quarto.

Ele observa.

Olha para os manequins, com seus olhos e membros congelados. Os que estão espalhados por todos os cantos do quarto. Os reunidos ao redor da mesa, como convidados de uma última ceia.

Uma presença...

De repente, um dos manequins, o que veste o couro cabeludo da enfermeira loira esfaqueada no metrô, vira a cabeça e assume a forma da jovem.

Ao lado dele, a prostituta estrangulada no hotel começa a se mexer e também ganha vida. Logo, todos os corpos falsos se transformam em carne e osso de novo, mesmo que apenas dentro da mente doentia de Frank.

Apavorado, desvia o olhar. Ele se pergunta se está tendo um pesado ou não. Ele vê os manequins se armarem, pegarem facões e várias facas, e então se voltarem para ele, clamando por vingança.

Estendem os braços na direção dele.

Frank se encolhe no colchão.

As mulheres gritam e batem nele, uma após a outra.

"Assim!"

Ele recebe uma facada na barriga.

"Assim!"

O facão acerta o antebraço direito dele.

Um cadáver decapitado, com o pescoço cortado e coberto de sangue, emerge de baixo da cama e Frank também grita.

Ele está cercado.

Encurralado.

A cacofonia é assustadora. Mãos o agarram por todos os lados. Várias atacam sua cabeça, principalmente, apertando, girando, torcendo e puxando.

De novo.

E de novo.

Com muita força, a ponto de arrancar a cabeça de Frank.

O sangue jorra. Inunda os lençóis. O colchão. Suas roupas já estão pegajosas.

As mulheres continuam. Elas são implacáveis.

Elas se vingam sem piedade, sem testemunhas.

EPÍLOGO

Nas primeiras horas da manhã, é possível ouvir os grasnados roucos e debochados das gaivotas no Lower East Side.

Uma viatura policial chega com a sirene ligada e estaciona em frente ao prédio de Frank Zito.

O que os levou até ali permanecerá um mistério. Não se sabe como eles conseguiram rastreá-lo e encontrar o culpado. Nem se sabe se estão lá por causa dos assassinatos ou por algum outro motivo, talvez anedótico.

Dois policiais à paisana sacam as armas, entram no prédio e sobem direto para o terceiro andar.

Quando chegam ao apartamento de Zito, eles arrombam a porta com um chute e entram correndo. Frank Zito está deitado de lado na cama, coberto de sangue, com uma faca enterrada na barriga. Apenas o cabo ensanguentado se projeta.

Todos os manequins estão em seus lugares e sua cabeça está intacta. Os dois policiais hesitam, mas acabam guardando as armas no coldre e saem, fechando a porta.

Assim que a porta é fechada, Frank Zito solta a respiração e abre os olhos...

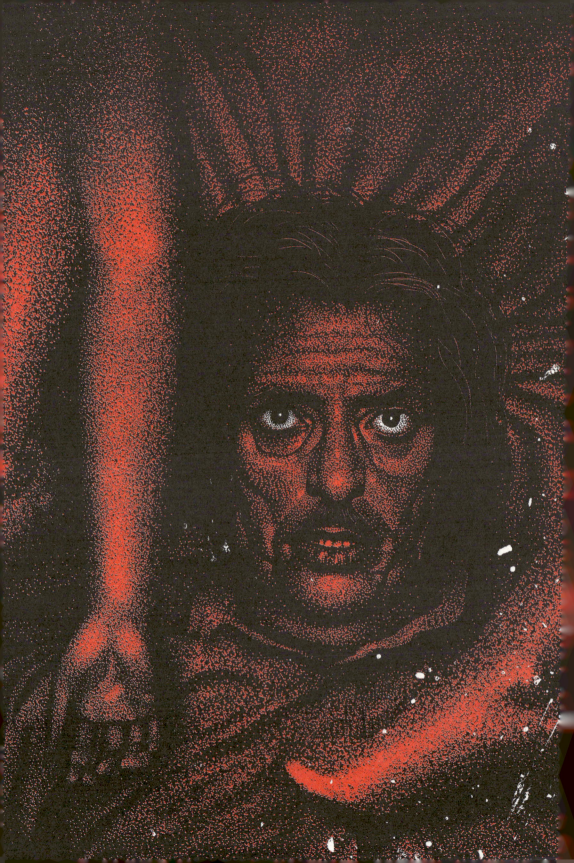

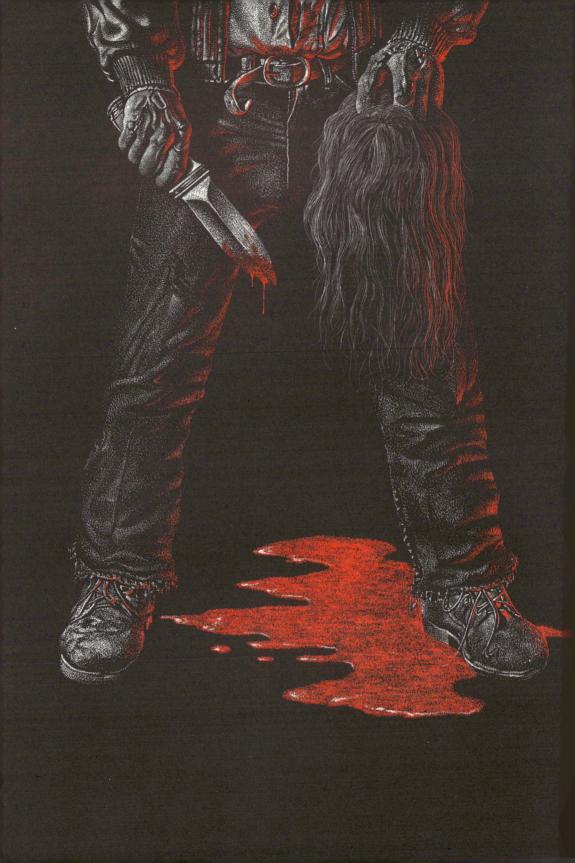

POSFÁCIO

Meu relacionamento com *Maníaco*, assim como o anti-herói que o assombra, tem muitas facetas. É, antes de tudo, uma recordação de infância, na videolocadora do meu pai. Foi lançado, na França, por René Chateau na famosa coleção "Filmes que você nunca verá na televisão". A angústia, toda vez que os olhos do meu eu de 10 anos caíam sem querer — era *sem querer* mesmo? — naquela capa e em sua ilustração, igualmente famosa.

Esse cara com uma faca grande, a calça muito justa e segurando, em seu punho forte, uma espécie de peruca. Sim, aos 10 anos eu ainda não dominava o conceito de escalpelamento — alguém disse "ainda bem"? —, então, para mim, ele estava apenas segurando uma peruca. Porque, claro, não pude assistir ao filme para analisar. Reprodução estritamente proibida. Tive que me contentar com o estojo do VHS e minha imaginação, e levou um tempo para que isso mudasse.

Na verdade, foi necessário o nascimento de outra mídia física, o DVD, e uma compra de usados quase sem querer — *sem querer*, de novo? Sim, não consegui assistir à fita famosa da locadora do meu pai, simplesmente porque um cliente mal-intencionado alugou o filme e nunca o devolveu... o canalha!

Em suma, finalmente descobri *Maníaco* quando tinha vinte e poucos anos, e é justo dizer que o choque fez a espera valer a pena. Foi um terremoto. Uma revolução cinéfila. Então era possível fazer um filme de monstro sem zumbis, alienígenas ou criaturas gosmentas. Sem Jason, Freddy ou Michael Myers. Sem máscara. Da altura de um ser humano, e não menos relevante... dando uma voltinha com o mal absoluto e observando por cima do ombro enquanto ele faz a festa...

Desde então, o filme nunca mais me deixou. Já o assisti milhares de vezes. Eu o copiei, de forma consciente ou não, em minhas próprias criações. E o pior — ou o melhor — é que hoje, graças à editora Faute de Frappe, dei meu acréscimo com o que estava faltando: uma romantização oficial. Aproveitado pelo diretor, William Lustig, que escreveu um prefácio esplêndido.

Mesmo que, como Lustig me contou em segredo, um primeiro projeto de romantização já existisse na época em que o filme foi lançado no cinema sem, infelizmente, nunca ter visto a luz do dia. Ossos do ofício.

"E o escritor?", você pode questionar.

Essa pergunta já me foi feita diversas vezes, em tom duvidoso ou agressivo: *por que Stéphane Bourgoin?* E o objetivo desse posfácio não é justificar nem defender o autor. Os fatos são o que são. Suas experiências e ações são o que são.

Apesar das controvérsias que mais tarde viriam à tona sobre sua trajetória, Bourgoin se consolidou como um conhecedor profundo da alma atormentada dos assassinos em série, e a ideia de vê-lo abordar o tema em uma obra de ficção surgiu rapidamente assim que adquirimos os direitos do filme. Embora, a princípio, eu tenha sondado o terreno com outros escritores, Stéphane Bourgoin sempre foi minha primeira opção.

E Bourgoin também faz parte de uma recordação de infância, ou melhor, da adolescência, quando assisti a todos os extras dos DVDs que ele gravou para a Bach Films. Seu rosto, seu palavreado tão singular, e sua imensa cinefilia foram infundidos em mim. Ter a oportunidade de trabalhar com ele em *Maníaco* é uma bênção.

Ele trouxe sua atenção aos detalhes e frieza científica para essa adaptação. O lado factual das descrições, os flashbacks do passado difícil de Frank Zito. Uma espécie de história de origem... porque não se nasce um monstro, torna-se.

E como muitas vezes a realidade extrapola a ficção, aqui está um minidossiê temático para pôr fim a essa jornada ao fundo da loucura.

Obrigado a todos!

Marc Falvo
Editor da Editions Faute de frappe
Fevereiro de 2025

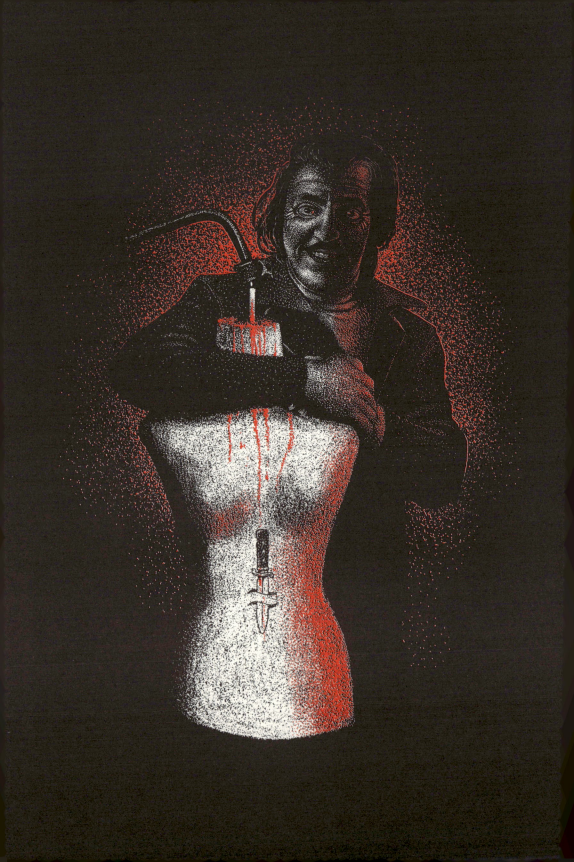

UMA DEFINIÇÃO DE ASSASSINOS EM SÉRIE COMO FRANK ZITO

Comparado ao criminoso comum, que costuma usar uma arma de fogo em todos os países do mundo, o assassino em série prefere o contato direto com a vítima. Ele usa uma faca, estrangula, bate com um instrumento contundente.

Um assassino em série como Frank Zito às vezes muda seu método.

Isso é perceptível sobretudo em psicóticos que não planejam com antecedência seus atos e improvisam no local do crime, o que explica o surgimento dessa mistura entre armas naturais e armas de fogo nas estatísticas. Mas os psicóticos são muito mais raros do que os psicopatas, cujos quais, em sua maioria, possuem *modus operandi* e rituais idênticos.

Muito já se falou sobre assassinas em série por aí, mas um recorte interessante que surge é a preferência delas por veneno (45%), uma arma um pouco mais sutil para encerrar a vida das pessoas ao seu redor.

ASSASSINATOS DE ACORDO COM A ARMA UTILIZADA (EM PERCENTUAL)

ASSASSINOS (EM GERAL):
- Armas de fogo: 65% — incluindo pistolas: 50%
- Espingarda (ou espingarda de cano serrado): 6%
- Rifle ou carabina: 4%
- Outras armas de fogo: 5%
- Faca ou arma branca: 17%
- Instrumento contundente (clava, martelo etc.): 5%
- Veneno: 0,05%
- Estrangulamento: 1,6%
- Armas naturais (punhos, mãos, chutes etc.): 8,7%
- Armas naturais e armas de fogo: 13%

ASSASSINOS EM SÉRIE:	HOMENS	MULHERES
Armas de fogo	22%	9%
Faca ou arma branca	40%	12%
Instrumento contundente (clava, martelo etc.)	9%	12%
Veneno	4%	45%
Estrangulamento	9%	6%

O assassino em série é, geralmente, um homem jovem, com cerca de 27 anos, quando comete seu primeiro crime.

Frank Zito matou pela primeira vez aos 24 anos. Dentre os assassinos em série, 71% deles cometeram o primeiro crime antes dos 30 anos. Ao contrário da totalidade dos assassinos, é um homem branco (83%) que prefere atacar mulheres (65%), se for heterossexual. Mata suas vítimas em um território determinado, uma cidade ou um estado, próximo ao local onde reside em 63% dos casos (para as assassinas, 51%); é nômade e mata em qualquer lugar dos Estados Unidos em 29% dos casos (para as mulheres, 20%); por fim, mata em casa ou no local de trabalho em 8% dos casos (para as assassinas, 29%).

Entre 1900 e 1960, a polícia descobriu uma média de 1,7 casos de assassinos em série por ano. No final da década de 1960, foram cinco novos casos por ano; na década de 1970, catorze casos por ano. Nos anos 1980, dois novos casos por mês, ou 24 por ano. Desde então, esse número aumentou para 36 novos assassinos em série anualmente.

É fácil identificar a maioria dos assassinatos e seus perpetradores. A polícia resolve esses casos em questão de horas ou dias. As vítimas costumam ter um relacionamento com o assassino, e o motivo é descoberto depressa. O mesmo vale para chacinas cujos assassinos são quase sempre capturados ou mortos, como James Oliver Huberty, responsável pelo massacre no McDonald's em San Ysidro, em julho de 1984, que ceifou a vida de 21 pessoas e deixou 19 feridos.

Esses assassinos têm um comportamento muito mais psicótico do que os assassinos em série, e muitas vezes foram internados diversas vezes antes de cometerem a chacina.

Ademais, existe uma minoria de assassinos em série psicóticos; estima-se menos de 5% de todos os criminosos reincidentes, como Herbert Mullin, Richard Chase, Joseph Kallinger, Gary Schaefer, Melissa Norris, Nathan Trupp, Edward Leonski ou Ed Gein.

O assassino em série tem o costume de matar — geralmente por muitos anos — e possui um semblante que inspira confiança. Na maioria dos casos de assassinatos em série em que o perpetrador não é psicótico, as vítimas seguem seu futuro assassino por livre e espontânea vontade. Por exemplo, Ted Bundy fingiu ter o braço quebrado para pedir que mulheres jovens o ajudassem a dirigir seu Volkswagen.

Esse tipo de assassino também se aproveita de problemas de jurisdição dos Estados Unidos, onde há mais de 16 mil forças policiais independentes entre si. Um exemplo é John Wayne Gacy, que matou 33 adolescentes. Em diversas ocasiões, ele surgiu como o empregador de alguma pessoa desaparecida, mas cada uma das investigações foi liderada por um departamento policial distinto, de distritos diferentes de Chicago. Não houve troca de informações. Nenhum deles pensou em verificar se Gacy já havia sido condenado em outro local, como de fato havia, uma vez que cumprira pena de um ano de prisão por tentativa de homicídio e sodomia.

A INTELIGÊNCIA DO ASSASSINO EM SÉRIE

Desde a década de 1950, pesquisas sobre o grau de inteligência dos criminosos — medida pelo teste Stanford-Binet — indicaram um Q.I. médio de 91 a 93, enquanto a média da população não criminosa é de cerca de 100.

Pode-se argumentar que assassinos atrás das grades não representam necessariamente o mundo do crime no geral, e que os mais inteligentes dentre eles estão impunes graças a um Q.I. mais alto. Os crimes cometidos por infratores menos inteligentes são os que oferecem retorno imediato: violência contra a vítima, gratificação sexual, agressão a um desconhecido encontrado por acaso em uma rua deserta, ou furto...

O criminoso mais inteligente planeja seus crimes com cuidado, organizando os mínimos detalhes para evitar erros. O assassino em série é, em regra, muito inteligente. De acordo com estudos recentes do FBI, o Q.I. do assassino em série gira em torno de 110; o do estuprador em série é ainda maior, 120. Mas esses testes padrão nem sempre indicam o verdadeiro grau de inteligência de um criminoso, o cuidado que ele tem ao planejar os crimes, sua capacidade de manipular as pessoas ao redor ou os estratagemas que ele emprega.

O assassino em série, quando não mata por lucro, como às vezes acontece, costuma matar o mesmo tipo de pessoa.

Ted Bundy, assim como Frank Zito, tinha como alvo mulheres, jovens ou estudantes, de cabelo longo: elas o faziam lembrar da noiva que o rejeitou anos atrás. No caso de Zito, faziam-no lembrar da mãe. A noiva de Bundy, por sua vez, também representava a mãe dele, que o havia rejeitado e entregado para adoção.

A noção de viagem também é muito importante para os sádicos sexuais. Assassinos como Ed Kemper, Ted Bundy, Randy Kraft ou Larry Eyler não pensam duas vezes antes de viajar centenas de quilômetros para escolher e caçar suas vítimas. A maioria deles também sofreu abusos na infância, seja Ed Gein, Charles Manson, Henry Lee Lucas, Ottis Toole ou no caso abordado aqui. O crime é visto como um ritual pelo assassino. Esses indivíduos têm medo de sexo e só conseguem violar vítimas indefesas, inconscientes ou mortas, como acontece no caso de Frank Zito.

Henry Lee Lucas executava suas vítimas para gozar em várias partes de seu corpo desmembrado. Já Frank Zito escalpela as vítimas para pregar seus cabelos em manequins nos quais ele "goza" em casa. O assassino em série não enxerga a vítima como um ser humano, mas como um objeto, uma carcaça, membros ou, para Zito, marionetes destinadas a despertar seu desejo. Para ele, o importante não é a identidade do cadáver, mas o que ele representa.

O conceito de ritual desempenha um papel de grande destaque em todos os crimes cometidos por assassinos em série. Esses assassinos admitem ter fantasiado inúmeras vezes sobre seus crimes antes de cometê-los.

GÊNESE E FANTASIAS DO ASSASSINO EM SÉRIE

Os crimes sem motivo aparente, nos quais o assassino e a vítima nunca se viram antes, sempre existiram, mas têm aumentado de maneira constante nos últimos anos. Estatísticas oficiais do Departamento de Justiça comprovam. Em 1976, esses crimes representavam 8,5% de todos os homicídios; em 1981 subiram para 17,8%, e 22,1% em 1984. Esses assassinatos, cometidos majoritariamente por assassinos em série, possuem um motivo oculto, de cunho sexual, que está escondido nas obsessões do assassino.

Capturar um assassino em série é uma tarefa extremamente difícil, sobretudo se for um psicopata organizado, a maior categoria. A polícia se depara com um crime sem motivo aparente e sem provas materiais. Uma investigação tradicional não permite que esses crimes sejam solucionados, então as forças policiais têm que se adaptar a esse novo tipo de crime, recorrendo a computadores (programas como ViCAP em todo o território dos Estados Unidos, HALT no estado de Nova York, HOLMES na Inglaterra ou ViCLAS no Canadá) e ao elemento humano, com o desenvolvimento do perfil psicológico. Esses métodos de detecção funcionam com base em informações e parâmetros que precisaram ser detectados no cérebro dos criminosos.

Psiquiatras e psicólogos já haviam conduzido pesquisas sobre assassinos sexuais. Agora era necessário interrogar os criminosos sob a perspectiva policial, com foco na vitimologia e na análise do local do crime. Esse processo de entrevistas está em andamento até os dias atuais, mas teve início em 1979, com o interrogatório de 36 assassinos em série e assassinos sexuais conduzido por agentes especiais do FBI. Os resultados foram publicados em 1983 e não se aplicam necessariamente a todos os assassinos em série.

Dentre os assassinos em série interrogados pelo FBI, 85% são brancos — a maioria é primogênito, 15% são filhos únicos e 12% são filhos adotivos. A maior parte deles foi criada nas décadas de 1940 e 1950, alguns nos anos 1960, e isso lhes dá uma clara vantagem em uma sociedade e época cuja postura é predominantemente masculina. Quase nenhum deles possui deficiências físicas, a aparência costuma ser agradável, a inteligência é mediana em 29% dos casos, alta em 36%, enquanto 15% estão na categoria mais elevada de inteligência.

Quase dois terços desses assassinos iniciam a vida em famílias normais, entre pai e mãe. Metade dessas mães são donas de casa para criar os filhos, enquanto 75% dos pais têm empregos formais, mesmo que a maioria deles não seja qualificado; 80% pertencem à classe média ou alta, e apenas 14% fazem parte de famílias carentes. Portanto, ao contrário do que se possa acreditar, a pobreza não é um fator importante no status socioeconômico das famílias.

As mães estão em casa, os pais têm empregos estáveis e rendas decentes, os sujeitos estudados são inteligentes, brancos em maioria, e, muitas vezes, primogênitos. Armados de tais fatores, por que eles se tornaram assassinos em série?

A qualidade da interação familiar é um elemento importante no desenvolvimento infantil. Sabe-se disso. Para a criança em crescimento, o apego aos pais e a outros familiares molda sua vida adulta e suas respostas à sociedade. Os primeiros vínculos afetivos, ou a ausência deles, ocorrem desde muito cedo, ficando gravados na mente da criança e ditando como ela percebe situações fora do ambiente familiar.

De modo geral, acredita-se que a personalidade de um indivíduo é formada nos primeiros anos. Embora circunstâncias de estresse extremo, abuso de álcool ou drogas possam causar danos posteriores, os primeiros anos são essenciais para a estrutura e o desenvolvimento da personalidade. É raro que esse tipo de assassino venha de um ambiente acolhedor e compreensivo.

Via de regra, o sujeito é uma criança negligenciada ou vítima de abuso, como acontece com Frank Zito, que passou por muitos conflitos durante a infância, incapaz de estabelecer e utilizar mecanismos de defesa adequados. No entanto, muitas pessoas são criadas em tais ambientes e não recorrem ao crime. Essas frustrações, situações estressantes e crises de ansiedade — somadas à incapacidade crônica de superá-las —, podem levar uma pessoa a se isolar por completo da sociedade, que é tida como uma entidade hostil.

Por meio desse processo de introspecção, o indivíduo se isola cada vez mais, e alguns optam por cometer suicídio ainda na adolescência em vez de viver uma vida de solidão e frustração. Esse tipo de pessoa tem baixa autoestima e rejeita a sociedade, que, segundo acredita, o condenou ao ostracismo. A família e os conhecidos costumam o descrever como um indivíduo tranquilo e agradável, que fica na sua e nunca atingiu seu verdadeiro potencial. Durante a adolescência, pode cometer atos de voyeurismo ou fetichismo para compensar a incapacidade de ter relações sexuais com mulheres.

Fechado à sociedade, outro tipo de indivíduo escolherá externalizar essa hostilidade. Expressará isso por meio de gestos agressivos, que aqueles ao redor considerarão irracionais ou sem sentido. Essa hostilidade se manifestará sobretudo durante a puberdade, quando se torna adolescente.

Ele é descrito como encrenqueiro, manipulador e egoísta. Tem problemas com a família, os amigos e figuras de autoridade. Ele se expressa através de atos antissociais que podem levar ao assassinato. Busca vingança contra a sociedade e punição contra aqueles que se sentem confortáveis dentro dela.

A história desses indivíduos revela, portanto, que muitos problemas já existiam dentro da estrutura familiar. Metade dos assassinos em série entrevistados tinham criminosos na família: 53,3% deles tinham histórico de problemas psiquiátricos no círculo familiar, o que implica contato insuficiente entre pais e filhos, além de relacionamentos inadequados; 69% dessas famílias vivenciaram a dependência de álcool, 33% usaram drogas pesadas e 46,2% sofreram grandes disfunções sexuais. Percebe-se que a maioria desses criminosos foi submetida a uma vida medíocre e contatos muito negativos com os familiares.

Essas famílias eram instáveis: apenas um terço dos nossos assassinos em série cresceu em um só lugar. Em 68% dos casos, as famílias se mudavam com frequência, e 40% dos indivíduos, antes dos 18 anos, foram enviados para lares adotivos, reformatórios ou hospitais psiquiátricos; 66% deles enfrentaram questões psicológicas desde muito cedo.

Essa instabilidade familiar não foi contrabalançada com boas relações com os vizinhos devido às mudanças frequentes. Em 47% dos casos, o pai biológico saiu de casa antes que o indivíduo completasse 12 anos. A mãe é a figura dominante para 66% dos assassinos em série, porém, para 45% deles, é a indiferença perante ela que prevalece.

O mesmo acontece com o pai em 70% dos casos.

Esse ambiente mentalmente instável não é compensado por um ídolo, um irmão ou irmã mais velhos, já que grande parte desses indivíduos é, precisamente, o primogênito. Os pais estão preocupados com seus próprios problemas — sexuais, abuso de drogas ou álcool, sem falar nas brigas entre si. Esses mesmos pais, que não são um ponto de referência, apresentam um padrão de comportamento desviante.

COMPORTAMENTOS INDIVIDUAIS

Ao analisar o desenvolvimento individual desses criminosos, chama atenção o surgimento de dois fatores: a continuidade de abusos durante a infância, sejam físicos (30%), psicológicos (69%) ou sexuais (40% dos indivíduos entrevistados); bem como a existência de uma vida fantasiosa. Suas diferentes atitudes e preferências quando crianças, adolescentes e adultos estão listadas abaixo.

Percentual da assiduidade dos padrões comportamentais de assassinos sexuais e assassinos em série na infância, adolescência e idade adulta:

	CRIANÇAS	ADOLESCENTES	ADULTOS
Devaneio	82%	81%	81%
Masturbação compulsiva	82%	82%	81%
Isolamento	71%	77%	73%
Mentiras crônicas	71%	75%	68%
Incontinência urinária	68%	60%	15%
Rebelião	67%	84%	72%
Pesadelos	67%	68%	52%
Destruição de itens	58%	62%	35%
Piromania	56%	52%	28%
Furtos	56%	81%	56%
Crueldade com crianças	54%	64%	44%
Baixa autoestima	52%	63%	62%
Crises de raiva violentas	48%	50%	44%
Distúrbios de sono	48%	50%	50%
Violência contra adultos	38%	84%	86%
Fobias	38%	43%	50%
Fugir de casa	36%	46%	11%
Crueldade com animais	36%	46%	36%
Propensão a acidentes	29%	32%	27%
Dor de cabeça	29%	33%	45%
Destruição de artigos pessoais	28%	35%	35%
Perda de apetite	27%	36%	35%
Convulsões	19%	21%	13%
Automutilação	19%	21%	32%

A maioria dos assassinos destacou a importância de uma vida fanta-siosa baseada em pensamentos agressivos e um ritual que mescla morte com sexo. Todos indicaram preferir suas fantasias à vida real.

Nem todas as crianças responderam ao meio em que vivem com fantasias de natureza violenta. Por sorte, nem todas as crianças que se refugiam em tais fantasias cometem crimes.

Entretanto, ao longo dos depoimentos, os assassinos revelaram um alto grau de egocentrismo nas fantasias voltadas ao sexo e à agressão.

Esses indivíduos não se recordam de ter fantasias positivas durante a infância. É difícil saber se as fantasias positivas de fato existiram, se estavam escondidas embaixo de pensamentos negativos ou se estavam totalmente ausentes de suas mentes. Mais da metade dos entrevistados indica que fantasias com estupro já eram uma preocupação para eles mesmo antes dos 18 anos, e 21% desses assassinos a concretizaram menos de um ano depois de tomarem ciência dessa fantasia.

Quando questionados sobre suas preferências sexuais, o resultado fala por si só:

- Pornografia: 81%
- Fetichismo: 72%
- Voyeurismo: 71%
- Sadomasoquismo: 39%
- Exibicionismo: 25%
- Bestialidade: 23%
- Ligação obscena: 22%
- Travestismo: 17%
- Prostituição: 11%
- Coprofagia: 7%

Como é possível observar, todas essas formas de expressão sexual são solitárias por natureza, como no caso do assassino em série interpretado por Joe Spinell em *Maníaco*.

Quando perguntados sobre a preparação de seus crimes, esses indivíduos defendem fortemente a importância das fantasias. Após o primeiro assassinato, eles admitem ter ficado muito preocupados, e por vezes estimulados, ao recordar o ato, o que ajuda a alimentar a fantasia dos crimes seguintes.

Começamos a compreender melhor a trajetória criminosa do assassino em série a partir de sua insatisfação com a vida familiar que o leva para um mundo imaginário e violento onde ele, enfim, é o mestre. O controle desse universo onírico se torna crucial aos olhos da criança, e depois do adulto. Essas não são as fantasias de fuga para uma realidade melhor que encontramos com frequência em crianças que estão se recuperando de maus-tratos.

Esses homens não contrabalanceiam o estímulo e a agressão com atividades criativas ou outro tipo de pensamento idílico. A energia deles é canalizada para fantasias de agressão e dominação, sugerindo uma projeção repetitiva do próprio abuso e uma identificação com o agressor.

Vimos que esses indivíduos são dotados de uma inteligência acima da média, porém, mesmo assim, o rendimento acadêmico, as relações sexuais, o desempenho no serviço militar ou no emprego são de uma mediocridade constrangedora. Em todas essas áreas, eles estão longe de atingir seu potencial. Mais da metade deles não completou os estudos; os demais tiram notas baixas em 68% dos casos.

Eles não conseguem se manter no trabalho: 80% mudam de emprego o tempo todo; além disso, na maioria das vezes, trata-se de empregos que não exigem qualificação. Quase 45% dos assassinos em série seguiram carreira militar em algum momento da vida, e mais da metade deles foi dispensada por motivos médicos, psiquiátricos ou de desobediência. Ademais, 25% deles cometeram crimes enquanto serviam.

Quanto às experiências sexuais, 44% dos assassinos em série admitem não ter tido relações "normais" antes de cometerem crimes. As fantasias de homicídio inerentes aos assassinos em série os transformam em indivíduos extremamente perigosos. Eles parecem normais até que um incidente banal aciona o gatilho. Para Ted Bundy, o incidente foi ter visto uma aluna que parecia com sua ex-noiva; já para

Carlton Gary, foi uma idosa branca, idêntica àquelas que empregaram e humilharam sua mãe, que era negra.

Quanto a John Wayne Gacy, uma briga corriqueira com um de seus funcionários, um adolescente que contestou seu contracheque, teve o poder de fazê-lo mergulhar em uma fúria homicida.

Para Frank Zito, é a visão de jovens com cabelo longo que lembram sua amada mãe.

O assassino em série não consegue mais parar de matar e, de qualquer forma, não tem vontade de parar.

Ele só existe por meio da morte dos outros, e só para se for morto, capturado ou cometer suicídio. É raro que assassinos em série se matem, com exceção dos psicóticos ou no caso de uma prisão iminente.

Uma vez atrás das grades, assassinos em série costumam confessar seus crimes. Eles tendem até a confessar mais homicídios do que cometeram — o que é explicado por um ego incomensurável, pelo desejo de notoriedade. Isso também faz parte dessa natureza que os leva a manipular o sistema legal. Ao confessar assassinatos não solucionados nos Estados Unidos, eles multiplicam o número de inquéritos nas jurisdições locais, o que atrasa a data do julgamento e, assim, de uma possível condenação.

A condição prisional deles é melhorada, ganham celas individuais e privilégios, já que são obrigados a colaborar com os oficiais das diferentes jurisdições locais que os visitam. Um exemplo famoso foi a controvérsia em torno das confissões de Henry Lee Lucas, cujo número de vítimas caiu de 300 para 160, antes de diminuir gradualmente conforme a investigação avançava.

Da mesma forma, um assassino em série pode confessar crimes que não cometeu, como no caso de Arthur Shawcross, que afirmou ser canibal e necrófilo para alegar inocência por incidente de insanidade mental.

Para simplificar, a personalidade antissocial tem as seguintes características:

1. Não tem maturidade, é ingrato, cínico, desleal, rebelde e explora os outros.
2. Como não sente empatia, é incapaz de entender que seus atos podem machucar as pessoas a seu redor.
3. Os outros existem apenas para atender às suas necessidades.
4. Como resultado, a vida sexual é tipicamente manipuladora e infiel.

A maioria desses indivíduos desenvolve uma personalidade antissocial como resultado de maus-tratos sofridos na infância, seja nas mãos de pais abusivos ou apenas por terem sido abandonados. A reação aos maus-tratos pode levar a pessoa a um estado ainda mais perigoso e transformá-la em um sociopata. Este, além da insensibilidade moral e ausência total de sentimentos, finge ter emoções que nunca sentiu.

O sociopata é "tranquilo", costuma ser muito inteligente e ter uma carreira brilhante. O sucesso profissional por vezes compensa um sentimento intolerável de inadequação pessoal. Ele também sente muito prazer em controlar os outros. A manipulação se torna uma obsessão, a ponto de ele se movimentar aos poucos até o objetivo final: decidir sobre a vida e a morte dos outros.

O psicopata, um verdadeiro hedonista, está em uma busca constante pelo próprio prazer, mesmo em detrimento dos outros. Se ele mata, não sente remorso ou culpa, pois não tem consciência. Sua aparência normal é o que faz com que seja tão assustador, já que o psicopata é um mestre na arte da manipulação. Não há nenhum traço aparente de comportamento bizarro ou pensamentos irracionais. Quando é pego, seu charme superficial e sua lábia permitem que ele finja sinceridade e remorso para ludibriar os acusadores. Em sua cela, o assassino em série psicopata vira um detento exemplar. Ele é o mais perigoso dentre os assassinos em série, aquele que consegue se evadir das investigações policiais por mais tempo.

Em suma, não se nasce assassino em série, torna-se. E Frank Zito não foge à regra.

STÉPHANE BOURGOIN (1953), também conhecido como Etienne Jallieu, é autor especializado em crimes reais e estudioso do universo dos serial killers. Ao longo de três décadas, tornou-se uma referência midiática na França, contribuindo para a popularização do tema e participando de diversas análises sobre a mente criminosa. Em 2020, surgiram questionamentos sobre partes de sua trajetória, levando-o a revisitar aspectos de sua biografia. Apesar das controvérsias, sua obra permanece como uma das mais influentes no estudo e na ficção sobre crimes violentos.

VITOR WILLEMANN (1993) é designer e ilustrador. Nascido em Florianópolis (SC), passou a infância em um bairro pequeno afastado da capital e também no sítio do avô. Estudava anatomia dos animais rabiscando os detalhes em um bloco de notas, e colecionando crânios que encontrava em suas aventuras pelo campo. Inspirado pelos horrores oitentistas do cinema, Vitor criou as ilustrações macabras presentes na coleção DarkRewind. Siga o artista em instagram.com/willemannart

FEAR IS NATURAL ©MACABRA.TV   DARKSIDEBOOKS.COM